Faithless

DAS DUETT DER UNTREUE

THE FAITHLESS DUET
BUCH EINS

SKYLER MASON

Vorwort

Kapitel Eins

W hitney

Die Website der Anwaltskanzlei von Stephen R. Garcia beeindruckt mich nicht besonders, was jedoch nicht heißen muss, dass er kein kompetenter Scheidungsanwalt ist, nur dass er einen talentierteren Webdesigner anheuern sollte.

Aber was weiß ich schon über die Websites kompetenter Anwälte? Ich habe keine Ahnung, wie ich ohne Google einen finden sollte. Leute in meiner Einkommensklasse wissen normalerweise, wo sie die besten Dienstleistungen bekommen können. Zumindest scheint es mir so. Mark kennt immer die besten Anbieter im Umkreis von fünfzig Kilometern von Santa Barbara, und wenn nicht, weiß er, wen er fragen muss.

Allerdings ist Mark auch der CEO eines großen Unternehmens, während ich seit den Neunzigern keinen richtigen Job mehr hatte. Ich habe in dieser eingeschränkten Welt gelebt, in der ich in allen Aspekten von Mark abhängig bin, weil er es genau so haben wollte. Er fühlt sich besser damit, mich an der kurzen Leine zu halten.

Das habe ich akzeptiert, weil ich mich schuldig fühlte.

Teilweise habe ich es wohl auch aus Faulheit akzeptiert. Für meine Freiheit einzustehen erfordert eine gewisse mentale und emotionale Stärke, und ich war lange Zeit zu erschöpft, um diese aufzubringen. Mentale Stärke, weil ich weiß, dass ich lernen muss, für mich selbst zu sorgen, nachdem Mark jahrelang alles für mich erledigt hat. Emotionale Stärke, weil ich mich mit seiner Reaktion auseinandersetzen muss. Es wird ihm nicht gefallen, und er wird alles tun, um es mir so schwer wie möglich zu machen.

Das ist wahrscheinlich der Grund, warum ich es erst jetzt mit zweiundvierzig Jahren tue. Ich konnte nicht aus meiner kleinen Welt ausbrechen, bis ich taub genug geworden bin, um mich dem Unbekannten ohne Furcht zu stellen.

Ich will gerade nach Marks Bürotelefon greifen, um in Stephen Garcias Kanzlei anzurufen, als sich die Tür öffnet und Mark zu mir hineinspäht.

Bei seinem Anblick wallt Ärger in mir auf. In seinem hellblauen Kragenhemd und seiner engen Jeans sieht er gut und jugendlich aus. Sein dunkles, welliges Haar ist fast so dicht wie damals, als ich ihn vor über dreiundzwanzig Jahren kennengelernt habe. Er hat sich für ein Date herausgeputzt, wahrscheinlich mit einem seiner Mädchen. Vielleicht mit Lauren, die ihm diese Nacktfotos geschickt hat. Nachdem ich gesehen habe, wie munter und unbekümmert sie ist, weiß ich, dass sie nicht viel älter als Anfang zwanzig sein kann. Sie ist Make-up-Influencerin. Was das genau bedeutet, habe ich erst verstanden, nachdem meine fünfzehnjährige Tochter es mir erklärt hat.

Ich kann mir nicht einmal vorstellen, worüber die beiden sich unterhalten. Weiß er alles über die Marken, von denen sie gesponsert wird, und wie viel sie zahlen? Fragt sie ihn nach den Herstellungs- und Verkaufsprozessen landwirtschaftlicher Geräte?

„Ich fahre nach Camarillo", sagt Mark.

Ah, ja. Das Romano-Farms-Treffen. Also wird er sich nicht

mit der Influencerin aus Coronado treffen. Vielleicht mit der Kellnerin vom Twenty88?

„Wirst du das Wochenende über weg sein?", frage ich, obwohl ich die Antwort bereits kenne. Ich bin seine fadenscheinigen Ausreden gewohnt, mit denen er rechtfertigt, in Städten übernachten zu müssen, die kaum eine Stunde entfernt sind.

„Wahrscheinlich. Gleich Montagmorgen steht das Esposito-Meeting an. Ich werde länger schlafen können, wenn ich im Strandhaus übernachte."

Das Strandhaus in Newport, das wir gekauft haben, als wir bereits in Santa Barbara in einer Villa mit Meerblick gewohnt haben. Das Strandhaus, das wir vor fünf Jahren gekauft haben, um seine Meetings in LA „weniger umständlich" zu machen.

Alles nur Geheimsprache, um seine Affären für mich weniger peinlich zu machen.

Ich sollte nicht mehr dieses schwere Gefühl in meiner Brust verspüren. Das alles geht einfach schon viel zu lange. Über fünfzehn Jahre. Ich sollte mich längst daran gewöhnt haben. Es war schließlich meine Entscheidung. Ich habe mich damals dafür entschieden, in dieser Ehe zu bleiben, auch wenn ich wusste, dass es so sein würde wie jetzt.

Ich wusste, dass er mir niemals verzeihen würde.

Ich atme tief ein und wappne mich. Es gibt keinen Grund, es länger hinauszuzögern. Nicht, nachdem er mir bereits gesagt hat, dass er übers Wochenende weg sein wird. Keiner von uns wird gezwungen sein, vor den Kindern eine Maske aufzusetzen. Wir haben zweiundsiebzig Stunden Zeit, um uns von den Nachwirkungen der Bombe zu erholen, die ich gleich platzen lassen werde.

Mark wendet sich zum Gehen, aber ich rufe ihn zurück: „Warte."

Er starrt mich mit gehobenen Augenbrauen an.

Ich kenne diesen Blick nur zu gut. Der *Na-sag-schon*-Blick. *Verschwende nicht zu viel meiner wertvollen Zeit mit deiner unwichtigen Existenz.* Er denkt wahrscheinlich, dass ich ihn um

3

etwas Nerviges bitten will, wie auf dem Weg nach Hause Mandelmilch zu kaufen.

Angesichts seiner abschätzigen Ungeduld klinge ich schroffer als beabsichtigt, als ich verkünde: „Ich will die Scheidung."

Sein Gesichtsausdruck bleibt einige Sekunden lang unverändert, bevor seine Mundwinkel anfangen zu zucken. „Okay, Whitney."

Er glaubt nicht, dass ich es durchziehen werde.

Als er wieder Anstalten macht, sich abzuwenden, stehe ich vom Schreibtisch auf. „Diesmal ist es mein voller Ernst. Ich habe bereits einen Scheidungsanwalt gefunden und wollte ihn gerade anrufen, um einen Termin zu vereinbaren." Meine Lippen schließen sich. Bei dem Gedanken, ganz allein zu einem Anwalt zu gehen, breitet sich ein Kribbeln auf meiner Haut aus. Oh Gott, das wird schwer werden. Trotz meiner innerlichen Taubheit wird es schwer werden.

Ich schlucke, bevor ich zu Mark aufschaue. „Ich möchte wirklich nicht, dass es zwischen uns hässlich wird. Mein oberstes Ziel ist, das Erbe der Kinder zu schützen. Stephen Garcia hat die besten Bewertungen auf Google, auch wenn es mir etwas dämlich vorkommt, auf diese Art einen Scheidungsanwalt auszuwählen, wie ein Restaurant ..."

Mark hebt eine Hand, um mich zu unterbrechen. Seine Lippen teilen sich ungläubig. „Du meinst es wirklich ernst?"

Ich atme nervös aus. „Ja."

Er wendet den Blick ab, seine Augen sind weit aufgerissen, wirken benommen. Aber dann ziehen sich seine Brauen ruckartig zusammen und er fixiert mich mit hartem Blick. „Um was geht es hier? Warst du wieder mal an meinem Handy?"

Ein humorloses Kichern entweicht meiner Kehle. „Allein dass du das fragst, zeigt deutlich, warum wir uns scheiden lassen sollten."

Das ist eine äußerst vernünftige Antwort auf so eine dumme Frage, und doch weiß ich genau, was er meint. Warum tue ich das jetzt? Nach all den Jahren?

Er schüttelt den Kopf. „Ruf den Anwalt nicht an." Ich komme nicht umhin, den verärgerten Tonfall in seiner Stimme zu bemerken, als wäre meine Bitte um Scheidung eine große Unannehmlichkeit für ihn. „Ich komme heute Abend nach Hause und wir können eine Notsitzung mit unserem Eheberater einberufen. Oder ... Nein. Ich finde einen anderen. Schließlich können wir nicht zu einem *Frauenfeind* gehen." Er betont das vorletzte Wort, da das mein halbherziger Vorwand war, um die Eheberatung aufzugeben. Unser letzter Eheberater hatte Mark nicht wirklich dazu angehalten, über seine Affären zu sprechen, was der eigentliche Fokus unserer Therapie hätte sein sollen, aber das war nicht der Grund, warum ich damit hatte aufhören wollen.

Ich hatte jegliche Hoffnung für unsere Ehe verloren.

Mark wusste das, und trotz seines Hasses auf mich gefiel es ihm nicht. Aus irgendeinem Grund hatte er bereits vor langer Zeit beschlossen, dass ich bei ihm bleiben sollte.

Ich bin nicht so verblendet zu glauben, dass das an irgendwelchen Gefühlen für mich liegen könnte. Er will einfach nicht, dass sein Leben durcheinander geworfen wird. Sein Leben, sein Geschäft und die Tatsache, dass er eine Ehefrau hat, die praktisch sein Fußabtreter ist und sich um all seine Bedürfnisse kümmert, während er ohne Schuldgefühle oder irgendwelche Konsequenzen fünfundzwanzigjährige Frauen vögeln kann.

„Nein. Das ist nicht nötig. Meine Entscheidung steht."

Seine Miene verdunkelt sich, und doch spüre ich sein Unbehagen. Ihm wird endlich klar, wie ernst die Lage ist.

„Ich habe das ganze letzte Jahr darüber nachgedacht", sage ich. „Ich hatte immer vor, zu warten, bis Maddy mit dem College fertig ist, aber ..."

„Du hattest es immer vor?", schreit Mark, und ich zucke überrumpelt zusammen, was ihm allerdings nicht aufzufallen scheint. „Und du hast nicht einmal daran gedacht, mit mir darüber zu reden?" Er schüttelt heftig den Kopf, bevor er anklagend mit einem Finger in meine Richtung deutet. „Du warst es, die gemeint hat, dass eine Ehe harte Arbeit ist und nicht nur Liebe. Du hast gemeint, für die Kinder wäre es ..."

„Ich weiß", unterbreche ich ihn. „Aber ich habe meine Meinung geändert."

Er starrt mich mehrere Sekunden lang an und ich kann beinahe sehen, wie die wütenden Gedanken hinter seinen funkelnden grünen Augen Gestalt annehmen. „Du triffst dich mit jemandem", sagt er schließlich. Er schnauft und schüttelt langsam den Kopf, sein Blick ist fast schon wild. „Ich hätte es wissen müssen."

„Nein", sage ich mit fester Stimme. „Ich habe diese Entscheidung für mich selbst getroffen."

Er schnauft erneut. „Sicher hast du das. Wer ist es?" Ein zynisches Lächeln umspielt seine Mundwinkel. „Coles Freund von der UCLA, oder? Der mit dem Tattoo am Hals." Er lacht humorlos und murmelt: „Ich wusste, dass du auf ihn stehst."

Mir klappt die Kinnlade runter. Wenn ich nicht so verblüfft wäre, würde ich vielleicht lachen. Redet er von Parker? Coles älterem College-Freund, der ein Jahrzehnt jünger ist als ich und vor etwa einem Jahr das Wochenende bei uns verbracht hat. Dem Freund meines Sohnes, mit dem ich geplaudert und dem ich Beziehungsratschläge gegeben habe, während ich Pfannkuchen für ihn gemacht habe, wie eine ältere Tante. Selbst sein Name klingt jung und stand wahrscheinlich in den späten Neunzigern auf vielen Babynamenslisten, als ich selbst nach einem Namen für Cole gesucht habe. Dass ich eine Affäre mit jemandem namens Parker haben könnte, ist so was von lächerlich, dass mir nicht einmal eine Erwiderung einfällt.

Seine Lippen pressen sich zusammen. „Ah", meint er mit rauer Stimme. „Du streitest es nicht ab."

Ich gebe ein humorloses Lachen von mir und schüttle den Kopf. „Mark, das ist lächerlich."

„Du weißt, dass es für ihn nur der Reiz des Neuen ist, oder?", fragt er, als hätte er mich nicht gehört. „Du bist eine gelangweilte, für ihr Alter noch hübsche Hausfrau, die so verzweifelt nach

Aufmerksamkeit lechzt, dass sie Dinge tut, die sie nie in Erwägung gezogen hätte, mit ihrem Ehemann zu tun." Er lacht wieder, ein scheußliches Lachen. „Ich weiß auch genau, was du getan hast, weil dich wahrscheinlich hauptsächlich dein Groll gegen mich angetrieben hat. Wie war es? Ist es weniger schmerzhaft, wenn man verliebt ist?"

Mir gefriert das Blut in den Adern. Während ich Mark anstarre, kriecht ein befremdliches Gefühl über meine Haut. Treffe ich ihn gerade zum ersten Mal? Mir sollte eigentlich nach Lachen zumute sein. Ein entfernter Teil registriert das. Es sollte lustig sein, dass ich in Marks Vorstellung jetzt in diesen Jungen verliebt bin. Es sollte lustig sein, dass er selbst im wichtigsten Gespräch unserer Ehe noch so kleinlich ist und sich darüber beschwert, dass ich keinen Analsex mit ihm haben wollte. Aber ich habe keinen Sinn mehr für Humor. Ich fühle mich wie ein Geist, der außerhalb meines Körpers schwebt, ohne irdische Emotionen.

„Ist es das, was ich in deinen Augen bin?", frage ich. Meine Stimme klingt selbst in meinen Ohren brüchig. „Eine gelangweilte, für ihr Alter noch hübsche Hausfrau?"

Jeglicher Zynismus verschwindet aus seinem Gesicht. „Nein, natürlich nicht. Aber ein achtundzwanzigjähriger Junge könnte dich so sehen."

Ich nicke langsam, meine Taubheit fühlt sich geradezu greifbar an. Die Taubheit, die sich einige Monate nach dem Tod meiner Mutter vor zwei Jahren in mir ausgebreitet hat, erscheint mir in diesem Moment fast wie ein Segen. Vor ein paar Jahren hätte es mich zerstört, ihn so etwas sagen zu hören. Aber jetzt fühle ich nichts als ... Verblüffung. Ich lasse mich auf den Schreibtischstuhl fallen, verloren in einem Strudel aus wirren Gedanken.

„Ich gehe nicht." Marks Stimme dringt wie aus weiter Ferne an meine Ohren. „Ich sage mein Meeting ab."

Das holt mich in die Gegenwart zurück. „Nein. Sag es nicht ab. Das ist nicht nötig. Und bitte informiere wenigstens unseren Anwalt. Ich will nicht, dass die Scheidung einen negativen

Einfluss auf die Treuhandfonds der Kinder hat. Es soll alles so glatt wie möglich vonstattengehen."

Marks Lippen pressen sich zusammen. „Ich kann nicht fassen, was du da sagst. Es kommt mir vor, als wäre ich zwanzig Jahre lang mit einer Fremden verheiratet gewesen."

„Fast dreiundzwanzig Jahre", erwidere ich leise. „Und ich war bisher eine Fremde. Du hast mich nie wirklich gekannt."

„Anscheinend nicht." Die Schärfe in seiner Stimme schneidet durch meine Benommenheit.

„Du hast mich immer für süß, freundlich und sanftmütig gehalten", meine ich nachdenklich. „Vielleicht bin ich sanftmütig, aber nicht süß oder freundlich ..."

„So viel ist sicher."

Ich runzle die Stirn. Als ich zu ihm aufschaue, passt der wilde Blick in seinen Augen nicht zu seinem harten, verurteilenden Tonfall. Er hat Angst. Ich kann seine Angst spüren, als würde sie von seinem Körper ausströmen.

Ich schaue zu dem metallenen Papierkorb neben dem Bücherregal, meine Augen werden von dem zerknüllten Zettel ganz oben angezogen. Er ist sehr zerknüllt. Mark hat starke Hände. War er wütend, als er das Papier zerknüllt hat? Hat er darüber nachgedacht, wie viel Zeit er damit verschwendet hat, unser toxischsymbiotisches Leben weiter am Laufen zu halten? Vielleicht will er diese Scheidung insgeheim auch, tief in seinem Inneren.

„Das wird gut für dich sein", meine ich. „Du wirst endlich glücklich sein."

„Nein, werde ich nicht", schreit er schon fast. „Und du auch nicht. Das ist ein Fehler."

Ich schüttle den Kopf. „Nein."

„Gib mir eine Chance, etwas zu tun. Mich zu ändern. Ich kann mich ändern, wenn es das ist, was du willst."

Ich runzle die Stirn. Hat er das wirklich gerade gesagt? Seine Worte klangen so emotionslos ...

Er will keine Scheidung, aber nicht aus Angst, mich zu verlieren. Er will sich nicht scheiden lassen, weil es sein Leben auf den Kopf stellen würde.

Ich kann ihm nicht länger entgegenkommen.

„Du musst dir auch einen Anwalt suchen", sage ich. „Und fang an, dich nach einer anderen Wohnung umzusehen."

Wie aus weiter Ferne höre ich, wie Mark die Tür zuknallt.

Mark

Oh Gott.

Es passiert wirklich.

Ich eile zu meinem Büroschrank und reiße die Schublade auf. Ich brauche nicht lange, um die Flasche Macallan zu finden, die ich für einen regnerischen Tag dort aufbewahrt hatte. Vielleicht sogar gerade für diesen Moment, weil ich gewusst hatte, wie bitternötig ich den starken Alkohol haben würde.

Ich hatte immer befürchtet, dass das hier passieren würde, besonders in den ersten Monaten nach Whitneys Geständnis, das mein Leben zerstört hat. Ich wusste, dass die Art, wie ich sie behandle, nicht ewig gutgehen konnte, dass ihre Schuldgefühle irgendwann verblassen und sie mich verlassen würde.

Weshalb ich mich darum bemüht habe, mich auf jede erdenkliche Weise unentbehrlich für sie zu machen. Ich kümmere mich um sie. Ich stelle sicher, dass ich all ihre Bedürfnisse erfülle, abgesehen von den emotionalen. Ich sorge dafür, dass die Kinder versorgt werden. Ich dachte immer, wenn ich das schaffe, könnte ich mir die Zeit erkaufen, die ich brauche, um ihr zu vergeben.

Ich habe ihr noch nicht vergeben. Und ich kann nicht behaupten, dass ich mich sehr angestrengt hätte, diesen Umstand zu ändern. Im Laufe der Jahre bin ich immer selbstgefälliger geworden, ein fataler Fehler. Je länger sie bei mir blieb, selbst nachdem sie mich mit anderen Frauen erwischt hatte, desto mehr ließ meine Angst nach. Ich hatte eine trügerische Zuversicht, dass sie für immer bei mir bleiben würde.

Diese Zuversicht erlaubte es mir, an meiner Wut festzuhalten. Ich habe diese Wut genossen.

Etwas daran machte mir Freude. Es ist seltsam und verkorkst, dass ich manchmal sogar davon fantasiere, wie es wohl war, als sie ihre kleine Affäre hatte. Wenn ich es mir vorstelle, wird meine Haut ganz heiß und mein Kiefer presst sich zusammen, und die wutschäumenden Gedanken, die darauf folgen, verschaffen mir eine Art perverses Vergnügen.

Allerdings kann ich mir die beiden nur bis zu dem Punkt vorstellen, wo sie hinter einer geschlossenen Tür verschwinden. Ich kann mir problemlos vorstellen, wie sie gemeinsam essen gehen, wie Whitney per Textnachricht mit ihm flirtet, den albernen Nachrichtenverlauf ihres Facebook-Chats, aber sobald mich meine Vorstellungskraft in einen intimen Moment versetzt, kühlt meine entzückende Wut zu eisiger Kälte ab. Meine Haut wird klamm und mir dreht sich der Magen um.

Selbst nach all diesen Jahren bringt es mich um, daran zu denken.

Ich weiß, es ist irrational. Ich habe seit ihrer kleinen Beichte mit unzähligen Frauen geschlafen. Ein rationaler Mann, der seine Frau behalten will – und ich wollte sie von Anfang an behalten, eine Scheidung kam für mich nicht in Frage –, hätte schon vor langer Zeit versucht, dieses Problem zu lösen. Er würde zur Eheberatung gehen. An einer besseren Kommunikation arbeiten, darüber reden, was passiert ist, und es hinter sich lassen.

Ich wusste immer, dass meine nachtragende Art mir eines Tages zum Verhängnis werden würde. Und dieser Tag ist jetzt gekommen.

Ich werde alles verlieren.

Auch wenn ein Teil von mir Whitney hasst, weiß ich tief in meinem Inneren, dass dieser Hass von Liebe kommt. Von tiefer, qualvoller Liebe, die selbst der euphorischste Hass nicht auslöschen kann. Sie ist alles, was ich mir je von einer Frau gewünscht habe. Selbst wenn sie mir gegenüber kalt und distanziert geworden und ihre ganze Wärme unseren Kindern vorbehalten ist. Selbst wenn ich diese Wärme nur vom Seitenrand aus beobachten kann, ist das immer noch besser, als sie gar nicht in meinem Leben zu haben.

Mein Gott, ich werde in eisiger Kälte leben, wenn ich Whitney fortgehen lasse.

Nach einem großen Schluck Whiskey, der mir in der Kehle brennt, knalle ich mein Glas auf den Schreibtisch. Hitzige Entschlossenheit strömt durch meine Adern.

Ich werde sie nicht gehen lassen. Ich war in der Lage, sie so lange bei mir zu behalten, obwohl ich ein grottenschlechter Ehemann war.

Ich werde tun, was immer nötig ist, damit sie bleibt. Wenn nötig, werde ich mit schmutzigen Mitteln kämpfen.

Sie wird nirgendwo hingehen.

Kapitel Zwei

W hitney

Mein Termin mit Stephen Garcia ist heute Nachmittag. Gott, warum bin ich den ganzen Tag schon so nervös? Es ist lediglich unser erstes Treffen. Ich muss noch keine langfristigen Entscheidungen treffen.

Cole kommt mit dem Handy in der Hand in mein Strickzimmer gelaufen.

„Mom, ich habe etwas recherchiert und ich glaube, du gehst das alles falsch an."

Seufzend schaue ich von meinen Stricknadeln auf. Ich hätte damit rechnen sollen.

Es ist eine Woche her, seit ich Mark gesagt habe, dass ich mich von ihm scheiden lassen will. Ich habe Cole davon erzählt, sobald er nach seinem College-Abschluss zurück nach Hause gekommen war und seine Sachen in unserem Gästehaus ausgepackt hatte. Ich wusste, dass er auf meiner Seite sein würde, und habe mich gleichzeitig vor seiner Reaktion gefürchtet. So sehr ich seine Unterstützung auch zu schätzen weiß, beunruhigt mich doch sein starker, unerbittlicher Zorn auf seinen Vater. Beide könnten langfristigen emotionalen Schaden davontragen. Verbitterung ist eine unproduktive Emotion. Gibt man ihr auch nur etwas Treibstoff, kann sie jeden Zentimeter deines Herzens verschlingen und dich blind für das Ausmaß der Zerstörung machen.

Ich kann mir nur ausmalen, wie Cole sich fühlen würde, wenn er wüsste, dass ich diese ganze Sache verursacht habe. Wenn er wüsste, dass ich die Erste war, die unser Ehegelübde gebrochen hat.

Oh Gott, ich glaube nicht, dass ich es ertragen könnte, wenn seine Verbitterung mir gelten würde.

„Du solltest nicht die selbstlose Schiene fahren." Er geht zu dem Stuhl mir gegenüber und setzt sich. Dann streckt er die Hand aus und reicht mir sein Handy. „Du hast Anspruch auf sehr viel Geld, aber du musst es einfordern. Kämpfe mit schmutzigen Tricks, wenn es sein muss. Untreue fällt bei Scheidungsvereinbarungen in Kalifornien zwar nicht ins Gewicht, aber ein Richter könnte dadurch beeinflusst werden. Vor allem, wenn er sieht, wie lieb und sanftmütig du bist." Sein Kiefer verkrampft sich. „Ich wette, fast jeder Richter würde Dad hassen, wenn er wüsste, wie er dich behandelt."

Würde er mich immer noch für so lieb halten, wenn er wüsste, wie sehr ich seinen Dad vor fünfzehn Jahren verletzt habe?

Ich habe mir eingeredet, dass ich es ihm zu seinem Schutz verheimlicht habe – um sein idyllisches Bild von unserer Familie nicht zu zerstören –, aber was war meine Ausrede, nachdem er Mark dabei erwischt hat, wie er mich betrügt?

Ich schaue nicht einmal flüchtig auf das Display seines Handys. „Ich werde mehr Geld haben, als ich brauche, und ich möchte euch nichts von eurem Erbe wegnehmen."

Er sieht aus, als würde er die Augen verdrehen wollen. „So darfst du nicht denken. Du musst verlangen, was dir zusteht. Nach der Scheidung hast du sowieso keine Kontrolle über die

Firma oder Dads Vermögen, wovon der Großteil unseres Erbes stammen wird. Und du weißt, dass Dad danach so oder so irgendeine Neunzehnjährige heiraten und einen Haufen Geld verlieren wird."

Bei dem Gedanken schnürt sich mir die Kehle zu. Oh Gott, es war so schon schwierig genug, mit seiner Untreue fertigzuwerden. Es war schon damals hart, als ich wusste, dass er es tat, um es mir heimzuzahlen. Es wurde härter, als es über die Jahre weiterging und sein Zorn mir gegenüber nicht nachließ. Mit jedem Jahr, das ich älter wurde, fühlte es sich schlimmer an, weil ich mir nicht länger vormachen konnte, dass es dabei immer noch um mich ging.

Nein. Irgendwann hat sich seine feurige Wut in kalte Bitterkeit verwandelt, und meine einstige Untreue war für ihn nur noch ein Vorwand, um so weitermachen zu können. Welcher Mann würde sich nicht lieber mit jungen, hübschen Mädchen vergnügen als mit seiner vierzigjährigen Frau, die er seit fünfzehn Jahren nicht mehr liebt, aber mit der er gezwungenermaßen weiter zusammenlebt?

Ich darf mir vor Cole nicht anmerken lassen, wie sehr mich das quält. Er hat bereits genug Stress wegen der ganzen Sache. Ich verschränke die Arme vor der Brust und sehe ihn streng an. „Ich denke, du bist deinem Vater gegenüber nicht fair."

Wenn sich sein Kiefer nicht sichtbar zusammenpressen würde, hätte ich fast geglaubt, dass er mich nicht gehört hat. „Wann ist dein Termin?"

Die Frage überrumpelt mich. „Um halb vier, aber ich werde ..."

„Ich komme mit."

Meine Augen weiten sich. „Cole, ich will euch Kinder da so wenig mit reinziehen wie möglich ..."

„Nun, ich will das nicht." Sein Blick wird streng. „Ich will, dass du das richtig anpackst."

Seine Besorgnis erfüllt mich mit Wärme. Er hat mich immer beschützt. Schon als kleiner Junge, bevor er überhaupt eine

Ahnung von der Schwere unserer Eheprobleme hatte, hat er sich immer auf meine Seite gestellt, wenn Mark und ich uns gestritten haben. Vor Jahren, als Mark einmal die Stimme gegen mich erhoben hat, ist Cole zu uns rübergekommen und hat ihn geschlagen. „Hör auf, sie anzuschreien!", hat er mit seiner süßen, hohen Jungenstimme gerufen.

Aber ich erkenne ein Verhaltensmuster, das sich dadurch entwickeln könnte, und das werde ich nicht zulassen. Ich werde keinen Wärter gegen einen anderen eintauschen.

„Schatz, du musst mich die Scheidung allein regeln lassen."

Seine Schultern sacken nach unten. „Mom, ich mache mir nur Sorgen um dich."

„Ich weiß, aber ich komme klar."

Er schließt fest die Augen. „Du bist nicht rücksichtslos genug. Ich befürchte, dass er dich ausnutzen wird."

Ich runzle die Stirn. „Dein Vater hat mehr Anstand, als du ihm zutraust."

Ich zucke auf meinem Stuhl zusammen, als Cole sein Handy auf den Couchtisch knallt. „Er hat überhaupt keinen Anstand. Er war ein beschissener Ehemann, und ich erwarte nicht, dass er als Ex-Mann auch nur einen Deut besser sein wird. Ich glaube, wenn er mit einer mickrigen Abfindung davonkommen kann, wird er das tun."

Ich schüttle den Kopf. „Dein Vater war im Laufe der Jahre vieles, aber gierig war er nicht."

Coles Kiefer verkrampft sich. „Er wurde aber auch nie auf die Probe gestellt."

Ich seufze schwer.

„Lässt du mich bitte mitkommen? Ich verspreche, dass ich nicht versuchen werde, das Gespräch zu übernehmen. Ich will nur sichergehen, dass du für dich selbst einstehst."

Ich seufze erneut. „Nein, Schatz. Ich muss das allein tun."

Sein Blick füllt sich mit etwas, das ich nicht ganz deuten kann. „Ich bin stolz auf dich. Das bin ich wirklich."

Schwach lächelnd hebe ich eine Hand und lege sie auf seinen

Unterarm. „Das ist lieb von dir, aber es ist okay, wenn du traurig bist. Scheidungen sind hart. Selbst für mich, obwohl ich diejenige bin, die sich scheiden lassen will."

Als er den Mund fest schließt und den Blick von mir abwendet, weiß ich, dass er emotional wird. „Ja, ich schätze, es ist schon etwas hart."

Ich drücke seinen Arm. „Rede darüber. Mit deinen Freunden. Sprich mit Livvy."

Seine Lippen pressen sich zusammen. „Das kann ich gerade nicht ... Sie und ich, wir ... haben ein paar Probleme, die wir noch klären müssen."

Ich runzle die Stirn. „Probleme? Was für Probleme?"

Er schluckt. „Nichts weiter. Sie ... Sie verändert sich nur. Gewissermaßen."

Ich spüre, wie meine Augen sich weiten. „Sie verändert sich? Inwiefern?"

Sein Kiefer ist angespannt. Mein Gott, was ist mit dem lieben Mädchen? Sie war so eine beständige Präsenz in Coles Leben. Als er sie kennengelernt hat, war ich zunächst etwas besorgt. Sie ist extrem religiös, wunderschön und so süß, dass die meisten Teenager bereit wären, alles zu opfern, um sie für sich zu gewinnen. Cole war so schwer in sie verschossen, dass ich befürchtete, er könnte ein bibelverrückter Evangelikaler werden, und das nur für eine Chance, mit ihr ausgehen zu können. Zum Glück ist es nie dazu gekommen, und sie hat mich über die Jahre mit ihrer Loyalität zu ihm überrascht. Sie war immer für ihn da.

Veränderung kann nichts Gutes bedeuten.

„Sie will ihre Jungfräulichkeit verlieren."

Mir fallen fast die Augen aus dem Kopf. „Oh."

„Ja", erwidert er leise.

Ich starre ihn einen Moment lang an, versuche, seine ungewöhnliche Reaktion einzuschätzen. „Schatz, warum ist das schlimm? Bedeutet das nicht, dass ihre starren Überzeugungen etwas flexibler werden?"

Seine Nasenflügel beben. „Sie will ihre Jungfräulichkeit bis zum Ende des Sommers verlieren. Das ist verrückt! Sie ist noch nicht bereit dafür."

Ich schürze die Lippen, kann die Erwiderung nicht zurückhalten, die mir auf der Zunge liegt. „Warum ist das deine Entscheidung?"

Er rollt mit den Augen. „Sie hat letzte Nacht genau dasselbe gesagt, aber ich kenne sie besser als jeder andere. Du hast keine Ahnung, wie behütet sie aufgewachsen ist. Jenseits von allem, was auch nur annähernd normal wäre. Und mit ihrem lieben Charakter ist sie sehr leicht zu manipulieren. Sie ist so gutmütig, dass sie sich nicht einmal vorstellen kann, dass andere Menschen nichts Gutes im Sinn haben könnten." Seine Stimme wird leiser. „Sie ist ein Engel."

Ein kalter Schauer läuft mir über den Rücken.

Oh mein Gott.

Ich sehe Mark, wie er vor fünfundzwanzig Jahren war.

„Cole, sie ist kein Engel. Sie ist ein Mensch."

Er rollt wieder mit den Augen, diesmal so dramatisch, dass seine Augenlider flattern. „Natürlich ist sie ein Mensch. Aber sie kommt einem Engel so nah, wie es nur möglich ist, und das ist nicht immer eine gute Sache. Das macht es anderen Leuten sehr leicht, sie auszunutzen. Ich fürchte, dass das diesen Sommer passieren wird."

Ich nicke langsam, mit schwerem Herzen.

Ich habe mich von Mark ausnutzen lassen, weil ich auch leicht zu manipulieren war. Ich dachte, ich hätte es nicht anders verdient. Ich dachte, es wäre nur natürlich, dass ich für meine Fehler bestraft würde.

Oh Gott, ich hätte das alles schon vor langer Zeit beenden sollen.

Kapitel Drei

M ark

Sie hat heute den Termin mit ihrem Anwalt. Mein Puls rast schon den ganzen Morgen.

Ich habe einen Plan. Er ist nicht perfekt, aber besser als nichts.

Als ich in die Küche gehe, steht sie mit einem Pfannenwender in der Hand vor dem Herd und starrt die Pfannkuchen an, die sie gerade zubereitet.

Ah, sie macht Maddys Lieblingsfrühstück, als Motivation, um früher aufzustehen. Maddy hat Probleme mit dem Frühaufstehen und folglich auch damit, pünktlich zur Schule zu gehen. Es ist jeden Morgen ein Kampf zwischen ihr und Whitney. Whitney fleht sie praktisch an, aufzustehen und sich anzuziehen.

Vor etwa einer Woche hat sie angefangen, unsere Tochter mit Pfannkuchen mit Erdbeeren und Schlagsahne zu bestechen. Maddy ist eigentlich schon zu alt, um sich von ihrer Mutter an einem Schultag ein ausgefallenes Frühstück machen zu lassen, aber so ist Whitney nun mal. Sie kümmert sich um uns alle, selbst wenn es an Verhätschelung grenzt.

Sie ist das gutbürgerliche Ideal einer Frau, die Verkörperung all meiner antiquierten Fantasien: freundlich, süß, aufopfernd und so warm und liebevoll wie ein Engel.

Zu allen in der Familie, abgesehen von mir.

Als ich zu ihr an den Küchentresen trete, dreht sie sich mit erschrockenem Gesicht zu mir um. Ich habe seit dem Tag, als sie verkündet hat, dass sie die Scheidung will, nicht mehr mit ihr gesprochen.

Ich habe mir Zeit genommen. Meinen Angriff geplant.

Ihr Blick ist wachsam, vielleicht sogar ein wenig ängstlich, und ich kann es ihr nicht verübeln. Sie hat meine rachsüchtige Seite gesehen. Es zeigt, wie leid sie mich sein muss, wenn sie bereit ist, sich damit zu konfrontieren.

„Können wir reden?", frage ich und bin angenehm überrascht von der Leichtigkeit in meiner Stimme. Ich klinge nicht wie ein Verrückter, der sich die letzte Woche gefragt hat, ob er seine Frau irgendwo einsperren kann – irgendwo, wo sie sicher und versorgt ist, natürlich –, ohne dass seine Kinder das mitbekommen.

Der Argwohn in ihren Augen verblasst ein wenig und sie nickt. „Ich brauche nur noch fünf Minuten, um die hier fertig zu machen." Sie zeigt auf die Pfannkuchen.

Ich nicke. „Ich warte in meinem Büro auf dich."

Als ich mich schon umgedreht habe und weggehen will, werde ich vom Klang ihrer Stimme zurückgehalten. „Nein."

Mit gerunzelter Stirn drehe ich mich zu ihr zurück.

Sie verschränkt die Arme vor der Brust. „In *meinem* Büro." Sie schluckt und senkt den Blick zu unserem gefliesten Küchenboden. „Im Strickzimmer, meine ich."

Ah, sie will den Heimvorteil haben.

Ihre Nervosität zeigt, dass sie das Schlimmste von mir erwartet, weil ich im Laufe der Jahre immer so ein Bastard zu ihr gewesen bin. Selbst diese Änderung unseres Gesprächsortes scheint etwas zu sein, weshalb ich sie anfahren würde.

Unter anderen Umständen hätte ich das wahrscheinlich getan, aber ich könnte genauso gut jetzt damit anfangen, ihr zu zeigen, dass ich absolut alles tun werde, damit sie bleibt.

Sie gehört mir, und auch wenn ich ihr nicht verzeihen kann, kann ein Teil tief in mir sie niemals loslassen.

Sie ist meine Frau.

Meine Liebe zu Whitney war schon immer düster und verkorkst gewesen – sogar bevor sie zu hasserfüllter Liebe wurde –, aber sie hat nie nachgelassen.

Ich nicke, bevor ich mich umdrehe und zu ihrem Strickzimmer gehe. Sobald ich die Tür öffne, zieht sich meine Brust zusammen. Dieser Duft. Es ist ihr Duft.

Wird er verschwinden, wenn sie fortgehen sollte? Ich glaube nicht, dass ich das ertragen kann.

Das werde ich auch nicht müssen, weil sie nirgendwo hingehen wird.

Ich muss nicht lange warten, bis ihre näher kommenden Schritte auf dem Holzboden im Flur erklingen. Meine Frau bewegt sich mit Anmut, und man kann es sogar hören. Das ist mir bereits an dem Abend aufgefallen, als ich sie kennengelernt habe. Es war ein weiteres Zeichen dafür, was für ein Engel sie ist.

Sie sieht auch wie einer aus, als sie das Zimmer betritt. Die Morgensonne lässt ihre goldbraunen Augen wie flüssiges Gold erscheinen. Werde ich sentimental? Macht mich der Gedanke, sie zu verlieren, verrückt? Warum sieht sie so schön aus wie damals, vor über dreiundzwanzig Jahren?

Verspätet registriere ich ihren leicht argwöhnischen Gesichtsausdruck, der mir sagt, dass ich langsam zur Sache kommen sollte.

Ich atme tief ein. „Sag mir, was du willst."

Ihre Stirn legt sich in Falten. „Wie meinst du das?"

„Ich meine es so, wie ich es gesagt habe: Sag mir, was du willst. Was immer es ist. Willst du, dass ich aufhöre, andere Frauen zu treffen? Erledigt. Willst du Zugriff auf mein Handy und meine E-Mails, um sicherzugehen, dass ich dich nicht heimlich hintergehe? Erledigt."

Die Falten verweilen auf ihrer Stirn – zwei Doppelfalten, die vor dreiundzwanzig Jahren noch nicht da waren. Wann sind sie dort aufgetaucht? Wahrscheinlich irgendwann in ihren Dreißigern, obwohl sie im Laufe der Jahre ein paar Botoxbehandlungen hatte, was es schwer macht, ihr das Alter anhand ihrer Haut anzusehen. Sie hat auch unzählige Male ihre Frisur geändert. Sie verändert sich ständig, wie eine Gestaltwandlerin, besonders nachdem ich mich von ihr abgewandt habe. Ich konnte sie in keinerlei Hinsicht festnageln.

„Mark, ich will nichts davon."

Ihre Antwort überrumpelt mich, und ich brauche einen Moment, um sie richtig zu verarbeiten. Sobald ich das tue, flackert diese vertraute Wut in mir auf – die Wut, die mich immer so berauscht. Ich muss tief Luft holen, um nicht ausfällig zu werden.

„Wie wäre es, wenn ich als Bonus noch unser Haus am Lake Tahoe umgestalten würde? Besser noch, wie wäre es, wenn ich dir ein anderes Haus kaufen würde? Vielleicht können wir eine Immobilie in Hawaii finden."

Sie starrt mich fünf Herzschläge lang an – ihre Augen weiten sich mit was zunächst wie Entsetzen wirkt –, aber dann bricht sie in Gelächter aus.

Ich knirsche mit den Zähnen, während sie kichert, versuche erneut, mich zu beherrschen. Es braucht bei ihr nie viel, um mich aufzuregen, und das muss ich ändern, wenn ich eine Chance haben will, sie umzustimmen.

„Als Bonus?", fragt sie mit mühsam beherrschter Stimme. „Willst du mich bestechen?"

Ich beiße die Zähne zusammen. „Vielleicht. Jedenfalls werde ich dir geben, was immer du willst. Du musst es nur sagen."

Ihr Lächeln verblasst, und ihr Blick wird hart. „Ich will die Scheidung."

Ihre entschlossene Miene und die Art, wie sie mich ohne zu blinzeln anstarrt ... Das ist so untypisch für sie. Und plötzlich fühlt es sich an, als würden scharfe Fingernägel über meine Haut kratzen. Meine Kehle schnürt sich zusammen.

Das ist anders. Sie hat sich verändert.

„Alles", würge ich hervor. „Ab jetzt kannst du alles bestimmen. Ich höre auf das, was du sagst. Und du kannst mit unserem Geld tun, was immer du willst."

Ich habe sie nur von finanziellen Entscheidungen ausgeschlossen, weil ich wollte, dass sie mich braucht. Auf mich angewiesen ist.

Oh Gott, ich bin ein Bastard.

Und dafür zahle ich jetzt den Preis.

Ein Ausdruck huscht über ihr Gesicht. Es sieht nach Mitgefühl aus. „Mark, ich weiß, dass das beängstigend ist. Ich habe auch Angst ..."

„Dann tu das nicht."

Sie seufzt. „Ich muss es tun."

Es ist die Endgültigkeit in ihrem Tonfall, die mir den Rest gibt. Feuchtigkeit sammelt sich in meinen Augen, was mich panisch werden lässt. Ich will raus aus dem Zimmer stürmen, aber dann wäre unser Gespräch vorbei, und das geht nicht. Ich muss sie überzeugen.

Doch sie beendet das Gespräch von sich aus. „War das alles?", fragt sie, während sie bereits mit einem Fuß im Flur steht.

Meine Kehle ist so eng, dass ich nicht sprechen kann, ohne zu verraten, dass ich den Tränen nah bin.

Sie geht hinaus und schließt sanft die Tür. Ihre sachten, engelhaften Schritte entfernen sich von mir, bis ich sie nicht mehr hören kann.

Kapitel Vier

W hitney

„Haben Sie noch irgendwelche Fragen?", erkundigt sich Stephen.

Wow, er ist ein gutaussehender Mann mit dunklen Augen und einem kantigen Kiefer. Wieso fällt mir das erst jetzt auf, nachdem wir die ganze letzte Stunde miteinander verbracht haben? Ich war wohl zu sehr mit anderen Gedanken beschäftigt gewesen.

Ich hebe eine Hand und streiche mir eine verirrte Strähne hinters Ohr. „Nein, damit ist eigentlich alles klar." Ich bringe ein höfliches Lächeln zustande, auch wenn meine Lippen zittern.

Er sieht mich freundlich an. „Kann ich Ihnen noch etwas anbieten, bevor Sie gehen? Etwas zu trinken?"

Mir entweicht ein fast schon hysterisches Kichern. „Haben Sie Wodka?"

Sein Lächeln bringt sein ganzes Gesicht zum Strahlen. Himmel, ist dieser Mann attraktiv. „Leider nicht." Er lehnt sich nach vorne. „Sie machen das großartig, Whitney. Es ist normal, nervös zu sein. Das ist eine große Veränderung in Ihrem Leben. Eine der größten, die es gibt."

Ich nicke ruckartig. Warum kribbelt es in meinem Bauch, wenn er meinen Namen sagt?

Jetzt ist definitiv nicht der richtige Zeitpunkt, um ans Daten zu denken. Und dieser Mann vor mir mag ungefähr in meinem Alter sein, aber er ist ebenso attraktiv wie Mark, und die Welt bevorzugt ältere Männer. Wahrscheinlich schöpft er aus demselben Dating-Pool, in dem auch Mark all seine Frauen findet. Sie sind wahrscheinlich alle Influencerinnen und Kellnerinnen Mitte zwanzig.

Oh Gott, wo kommt dieser Schmerz in meiner Brust her? Wo kommt er her? Ich sollte schon lange emotional abgestumpft sein, was Marks Affären angeht. Warum lässt die Scheidung diesen längst vergrabenen Schmerz wieder hochkommen?

Vielleicht, weil ich weiß, dass eins dieser jungen Hühner ihn bald ganz für sich haben wird. Diese Frau wird schmachtende Blicke und liebevolle Küsse von ihm bekommen. Wahrscheinlich wird er sie sogar mit Liebling anreden, so wie mich früher.

Nein. Daran darf ich nicht denken.

Ich bringe ein angespanntes Lächeln zustande, während ich nach dem Papierstapel vor mir greife. „Vielen Dank. Es ist beruhigend, das von jemandem zu hören, der täglich damit zu tun hat."

Mir geht auf dem Rückweg so viel durch den Kopf, dass die zehnminütige Autofahrt wie im Nu verstreicht. Als ich die Tür zu unserem Haus öffne, steht Mark direkt vor mir. Ich schnappe überrascht nach Luft und mache einen Schritt zurück. „Willst du gerade gehen?"

Er schüttelt den Kopf. „Ich habe das Garagentor gehört. Ich muss mit dir über etwas reden."

Ich wende den Blick ab. „Ich werde dir nichts von meinem Treffen erzählen."

Selbst ohne sein Gesicht zu sehen, weiß ich, dass sein Kiefer angespannt ist und er mich durchdringend anstarrt. „Ich hatte nicht vor, danach zu fragen."

Ich rolle mit den Augen. „Vielleicht nicht direkt."

„Überhaupt nicht." Er kann die Gereiztheit nicht aus seiner Stimme heraushalten. Dann atmet er tief durch, und ich kann spüren, dass er sich anstrengt, wieder ruhig zu werden. „Ich will, dass du mich morgen Abend zu einer Veranstaltung begleitest."

Ich wirble mit dem Kopf zu ihm herum. Mein Blick wandert forschend über sein Gesicht, während ich versuche, seine Miene zu lesen, und bei dem, was ich sehe, steigt Nervosität in mir auf.

Oh Gott.

Er ist entschlossen.

Er wird alles in seiner Macht Stehende tun, damit ich ihn nicht verlasse.

Ich schlucke. „Was für eine Veranstaltung? In unserem Kalender steht nichts."

„Ich habe Lily gebeten, ein paar Einladungen zu bestätigen, auf die wir bisher nicht reagiert haben." Er geht einen Schritt auf mich zu. „Du hast gemeint, du würdest mit mir zu solchen Events gehen, bis wir unsere Trennung verkünden."

Als ich die Zähne zusammenbeiße und eine Augenbraue hebe, lächelt er nur.

„Und du hast gemeint, du würdest dir eine eigene Wohnung suchen", erwidere ich.

Sein Lächeln bleibt unverändert. „Ich bin auf der Suche."

„Nur lässt du dir dabei sehr viel Zeit." Ich rolle mit den Augen. „Auf wie viele solcher Partys soll ich gehen, bevor wir uns offiziell trennen?"

Er zuckt mit den Schultern. „Nur die paar, die sich ergeben."

„Das wird nicht funktionieren", sage ich, auch wenn meine Stimme nicht annähernd so fest klingt, wie ich es gerne hätte.

„Was wird nicht funktionieren?", fragt er stur weiterlächelnd.

Ich atme tief ein. „Du weißt, was ich meine."

„Nein, wirklich nicht. Du bist immer so charmant mit meinen Klienten umgegangen. Warum sollte ich deine sozialen Fähigkeiten nicht zu meinem Vorteil nutzen, solange ich noch kann?"

Meine Nasenflügel beben. „Du hast dich nach der Esposito-Party beschwert, dass ich zu ‚freundlich‘ zu dem Finanzchef gewesen wäre ...“ Ich runzle die Stirn. „Wie war noch mal sein Name?“

Sein Lächeln gerät ins Wanken. „Anthony Mariano.“

Wow, das hat funktioniert. Es war nur eine kleine Bemerkung nötig, um ihm zu entlocken, dass er eigentlich gar nicht will, dass ich „meine sozialen Fähigkeiten“ einsetze. Was für eine hochtrabende Beschreibung für etwas, was nur oberflächliche Konversation mit einem aufgesetzten Lächeln ist. Himmel, er ist wirklich verzweifelt.

Ich lächle. „Er sieht sehr gut aus und wurde kürzlich geschieden. Vielleicht sollte ich ihn anrufen, wenn wir verkünden ...“

„Beende diesen Satz nicht.“

Seine abrupte Unterbrechung lässt mich zusammenzucken. Als ich ihn ansehe, hat sich sein Gesichtsausdruck komplett verändert. Sein Kiefer ist fest zusammengepresst und der Ausdruck in seinen Augen wirkt fast schon wild.

Er tritt einen Schritt zurück und nimmt einen zittrigen Atemzug. Sein Blick senkt sich zu Boden. „Wir brechen um halb sieben auf. Die Party ist im El Encanto. Dresscode ist Abendkleidung.“

Mein Herz zieht sich in meiner Brust zusammen und ich hasse mich dafür. Marks irrationale Eifersucht sollte mich unberührt lassen. Früher hat es mir das Herz gebrochen, ihn so zu sehen, weil ich den tiefen Schmerz spüren konnte, der sich dahinter verbirgt. Jetzt ist es nur noch eine Art Reflex, etwas, das er nicht abschütteln kann, weil er das Gefühl hat, ein Recht auf meine Treue zu haben.

Nur ein Fehler – wie schwerwiegend er auch gewesen sein mag – hat mich ihm für immer ausgeliefert. Zumindest aus seiner Sicht.

Er wird noch herausfinden, dass dem nicht so ist.

Kapitel Fünf

M ark

„Whitney, bist du bald fertig?", rufe ich vom Fuß der Treppe aus.

„Ja!", kommt ihre melodische Antwort.

Mir pumpt das Blut durch die Adern. Ich kann kaum stillstehen, während ich darauf warte, dass sie runterkommt.

Ich sollte auch nervös sein. Ich habe meine Assistentin Lily gebeten, eine Liste mit unseren wohlhabendsten Kunden durchzugehen, um irgendein Event zu finden, zu dem wir hingehen könnten, und sie konnte nicht einmal eine Kindergeburtstagsfeier finden. Zu dieser Jahreszeit sind fast alle im Urlaub. Walter Johnson Farms kauft von uns lediglich Rotationsfräsen, und unsere Anwesenheit auf ihrer Veranstaltung wird sie wahrscheinlich ziemlich verwundern.

Aber es ist nicht schlimm, wenn sie mich mit ihrer Verwunderung verraten sollten. Whitney weiß bereits, was ich hier tue.

Das bedeutet nicht, dass ich es nicht schaffen kann, sie zu bezirzen.

Mir stockt der Atem, als sie die Treppe herunterkommt. Sie trägt ein enges schwarzes Kleid, das ihr bis zu den Knöcheln reicht und ihre schlanken Kurven betont. Sie hat einen wunderschönen Körper.

Sie wird keine Probleme haben, jemand Neues zu finden, wenn sie sich von mir scheiden lässt. Sie ist unglaublich schön, nicht nur für ihr Alter, sondern generell, und das weiß sie. Ich frage mich, ob sie auch darüber nachgedacht hat, als sie ihre Optionen abgewogen hat. Ich frage mich, ob sie in den Spiegel geschaut hat und zu dem Schluss gekommen ist, dass sie nicht nur immer noch schön, sondern auch gut gealtert ist, während viele schöne Frauen jenseits der Dreißig von einer steilen Klippe zu stürzen scheinen. Im Vergleich zu denen sticht ihre Schönheit noch viel mehr hervor.

Aber das ist egal, denn sie wird mit der Scheidung nicht durchkommen.

Als sie unten angekommen ist, lächle ich sie an. „Du siehst umwerfend aus." Meine Stimme klingt leicht atemlos.

Sie runzelt die Stirn. „Nein, Mark."

„Nein, was?"

Ihr Lippen werden schmal. „Fang nicht so an."

Hitze pulsiert durch meine Adern, lässt mich den Kiefer zusammenpressen. Gott, warum kann ich mich in ihrer Gegenwart nie kontrollieren? Ich versuche, unbekümmert zu klingen, als ich frage: „Wie denn?"

Sie öffnet den Mund und schließt ihn dann wieder. „Du wirst dich nicht aus der Scheidung herausschmeicheln. Ich weiß, dass du gerade Angst hast, und du hast mein Mitgefühl. Aber diese Verzweiflung ..." Sie schürzt die Lippen. „Die steht dir nicht gut."

Ich hebe eine Hand. „Also kann ich dir nicht sagen, dass du gut aussiehst, wenn das einfach die Wahrheit ist? Was soll ich dann sagen?"

Sie seufzt. „Sag mir, dass ich dreißig Minuten gebraucht habe, obwohl ich meinte, ich würde in zwanzig fertig sein. Das würdest du normalerweise sagen." Sie lächelt schwach. „Und sieh dabei verärgert aus. Viel verärgerter als gerechtfertigt dafür wäre, dass wir zur Wohltätigkeitsveranstaltung eines Kunden gehen, den wir wahrscheinlich am Ende des Geschäftsjahres fallen lassen werden."

Ein kleines, selbstgefälliges Lächeln umspielt ihre Lippen. Wer ist diese Frau?

Ich beiße die Zähne zusammen, gehe aber weiter zur Tür und nach draußen, während sie dicht hinter mir folgt. Sie wirft mir einen seltsamen Blick zu, als ich ihr die Tür aufhalte, aber scheiß drauf. Das habe ich immer gemacht, wenn ich sie ausgeführt habe.

Oh Gott, warum habe ich ihr nicht schon vor Jahren vergeben können? Würde sie mir dann immer noch so einen Blick zuwerfen oder wäre mein galantes Verhalten dann etwas ganz Natürliches? Ich würde alles geben, um noch einmal ihr süßes, schiefes Lächeln sehen zu können, das sie mir früher für kleine Gesten wie diese geschenkt hat.

„Du bist viel gemeiner geworden, seit du die Scheidung von mir willst", sage ich, nachdem ich auf der Fahrerseite eingestiegen bin.

Aus den Augenwinkeln sehe ich sie lächeln. „Ich habe jetzt nichts mehr zu verlieren."

Ein kalter Schauer läuft mir über den Rücken, aber ich versuche, das zu ignorieren. Sie glaubt, sie hat nichts mehr zu verlieren? Das werden wir noch sehen.

* * *

Whitney

In angespannter Stille gehen wir die lange Auffahrt hinauf, eine Fortsetzung dessen, was im Auto begonnen hat. Was in aller Welt will er hiermit bezwecken? Versucht er mich dazu zu bringen, die Scheidung fallen zu lassen? Ich gehe nicht einmal besonders gerne zu Wohltätigkeitsveranstaltungen, aber er weiß, dass ich alles andere abgelehnt hätte, was einem Date nahekommt.

Mein Ehemann ist skrupellos.

Wenn er glaubt, dass er mich mit dieser Nummer – die wie ich weiß ein letzter verzweifelter Versuch ist, sein Vermögen und seine täglichen Gewohnheiten nicht zu verlieren – umstimmen kann, ist er dümmer, als ich ihm zugetraut hätte. Mich zu bestechen hat nicht funktioniert, also versucht er mich zu manipulieren. Mich glauben zu lassen, dass wir aus unserer verkorksten Beziehung eine echte Ehe machen können.

Wenn er die tiefsitzenden Probleme zwischen uns wirklich verstehen würde, würde er wissen, dass mich nichts außer absolute Ehrlichkeit dazu bringen könnte, diese Entscheidung zumindest zu überdenken.

Er müsste zugeben, dass er mich hasst, und das seit fünfzehn Jahren. Und davor hat er mich auch nicht wirklich geliebt, weil es keine Liebe sein kann, wenn man eine Person nicht wirklich kennt. Ich war für ihn ein Engel, und ein Engel ist keine Person. Ein Engel ist ein Fantasiebild, auf das wir unsere utopischen Vorstellungen von Liebe, Wärme und Freundlichkeit projizieren, die wir auf Erden niemals finden werden. Niemand ist reine Liebe und Freundlichkeit. Ich gewiss nicht.

Ich habe ihn so schwer enttäuscht, weil mein Vergehen weit über seine schlimmsten Vorstellungen hinausgegangen ist. Ich bin wie ein Meteor vom Himmel auf die Erde gestürzt. Alles nur, weil ich zu unsicher war, um die Liebe dieses außergewöhnlichen Mannes anzunehmen, und so dämlich loyal, dass sich mein Herz geweigert hat, den Jungen loszulassen, dem ich nie wirklich etwas bedeutet habe.

Nachdem wir durch einen großen, mit Kletterpflanzen bewachsenen Bogen gegangen sind, werden wir von einem Kellner begrüßt, der uns jeweils fragt, ob wir ein Glas Champagner möchten. Ich nicke überschwänglich und nehme es ihm aus der Hand, bevor er überhaupt die Chance hat, es mir zu reichen.

„Verdammt ...", sagt Mark, während ich trinke.

„Ich brauche etwas Aufheiterung", erwidere ich und genieße das kribbelnde Gefühl, wie der Champagner meine Kehle hinunterrinnt.

Als ich mein Glas wieder senke, schaue ich zu Mark rüber. Er starrt mich mit großen Augen an. „Ich glaube, das ist das erste Mal, dass ich dich so was habe sagen hören."

Da es mir unangenehm wäre, die Natur unserer Beziehung weiter zu thematisieren, wende ich den Blick von ihm ab. Ich verschränke die Arme vor der Brust und drehe mich um, um die Menschenmenge zu überblicken. Als ich das Paar sehe, das in unsere Richtung läuft, verkrampft sich mein Magen.

Ich brauche mehr Champagner.

„Was tut ihr denn hier?", fragt Laura, ihr blondes Haar glänzt in der untergehenden Sonne.

Ich zwinge mich zu einem breiten Lächeln und frage mich, ob es so unecht aussieht, wie es sich anfühlt. Alle unsere „Paar"-Freunde – oder besser gesagt Geschäftsbekanntschaften – wissen von Marks Affären. In einer Kleinstadt wie Santa Barbara lässt sich das nicht vermeiden. Und obwohl ich mich an das unbeholfene Lächeln und die mitleidigen Blicke der Leute gewöhnt habe, nachdem sie sich mit leiser Stimme bei mir erkundigt haben, wie es mir geht, bedeutet das nicht, dass ich viel Spaß an diesen Interaktionen habe.

Nach fünfzehn Jahren mit Marks Untreue habe ich sie einfach nur satt.

Als ich schon den Mund öffne, um Lauras Frage zu beantworten, kommt Mark mir zuvor. „Ich wollte meine Ehefrau zu einem schicken Abendessen ausführen." Dabei tritt er näher an mich heran und legt mir eine Hand auf den unteren Rücken. Sein Moschusduft weht zu mir herüber.

Wenn mich seine unerwartete Nähe nicht gerade fassungslos gemacht hätte, würde ich ihn finster anstarren. *Seine Ehefrau?* Ich kann mich nicht erinnern, dass er mich je so genannt hätte, selbst in unseren scheinheiligsten Momenten auf Familienfeiern oder

Firmenpartys, wo wir versucht haben, wie ein echtes Ehepaar zu wirken.

Laura lächelt breit, während ihr Blick zu Marks Hand auf meinem Rücken wandert, und ich kann ihre Überraschung förmlich spüren. Mark berührt mich selten, eigentlich nur wenn wir gelegentlich ungestümen Hass-Sex haben. Was tut er hier?

„Wie schön", meint Laura, und die Leichtigkeit in ihrer Stimme wirkt so erzwungen wie ihr Lächeln. „Wir veranstalten dieses Jahr einen Weihnachtsball. Ich hoffe, du wirst deine Frau auch dorthin mitnehmen, denn ich möchte wirklich nicht die einzige Mutter in ihren Vierzigern sein." Sie dreht sich zu mir um und wirft mir einen vielsagenden Blick zu. „Unser Eventplaner arbeitet bereits daran, einen TikTok-Comedian für die Unterhaltung zu organisieren. Einen Comedian, der *nur* auf TikTok berühmt ist." Sie verzieht das Gesicht. „Ich habe mich noch nie so alt gefühlt. Es kommt mir vor, als wäre Dane Cook erst gestern super angesagt gewesen, und unsere Kinder würden wahrscheinlich nicht einmal wissen, wer das ist. Findet ihr nicht auch?"

Ich lächle schwach. „Ich habe mich schon damals alt gefühlt. Ich glaube, ich war mit Maddy schwanger, als Dane Cook in der Comedy-Szene angesagt war."

Ich verstumme erschrocken, als Mark mit seiner Hand um meine Hüfte herum zu meinem Bauch wandert.

„Wir gehen", sagt er.

Als sowohl Laura als auch ich ihn mit großen Augen anstarren, stellt er klar: „Zum Weihnachtsball, meine ich."

Ich weiche zurück, aber er hält mich fest. Sein Gesichtsausdruck lässt Hitze in meinem Inneren aufflackern.

Oh Gott, diese Intensität. Diese Entschlossenheit.

Das erinnert mich an die Zeit, als wir uns kennengelernt haben. Mein Herz war wie erstarrt gewesen, nachdem Jason und ich uns getrennt hatten, und doch spürte ich immer diese Hitze in meinem Bauch, wenn ich diesen Blick in Marks Augen sah.

Ich wusste, dass er mich mehr wollte als alles andere. Ich wusste, dass er alles tun würde, um mich zu haben.

Selbst als ich emotional noch nicht ganz offen dafür war, hat es mich unendlich angeturnt. Zudem wusste er einfach, wie er meinen Körper zum Singen bringen konnte. Auch wenn er damals ein junger Mann gewesen war, war er immer noch sechs Jahre älter als ich und hatte viel mehr Erfahrung. Er wusste, wie er mich auf eine Weise befriedigen konnte, wie es mein kindischer Ex-Verlobter niemals vermocht hatte.

Oh Gott, ich hoffe, Mark spielt nicht wieder die Sex-Karte aus. Hoffentlich wird er nicht versuchen, mich im Bett zu umschmeicheln und zu lieben, wie er es vor all diesen Jahren getan hat. So wie er es seit jenem Morgen nicht mehr getan hat, als ich ihm meinen Fehltritt gestanden habe.

Wenn das passieren sollte, stecke ich wirklich in Schwierigkeiten.

Kapitel Sechs

M ark

Ich habe sie am Haken. Dieser Ausdruck in ihren Augen ...

Sie will mich.

Das hat sie schon immer.

Sie ist eine prüde Frau, und wahrscheinlich weiß sie, dass es ihr nicht leichtfallen wird, sich sexuell für jemand anderes zu erwärmen, wenn sie in ihrem Leben nur mich und einen anderen Mann hatte. Sie fragt sich zweifellos, ob es sich lohnt, ganz von vorne anzufangen, wenn ich sie befriedigen könnte; auch wenn ich sie hasse.

Ich kann diese Frau wie eine Mandoline spielen. Sie ist kompliziert und erfordert Fingerspitzengefühl.

Das werde ich ausnutzen.

Ich werde heute Nacht mit ihr schlafen.

Wir hatten seit sechs Monaten keinen Sex mehr. Nach dem fünfzehnten Jubiläum des Tages, an dem sie mir von ihrer Affäre erzählt hat, konnte ich sie kaum noch ansehen. Der Jahrestag wirft mich immer aus der Bahn, aber aus irgendeinem Grund hat es mich dieses Jahr härter getroffen.

Vielleicht, weil mir klargeworden ist, dass es nach anderthalb Jahrzehnten immer noch so weh tut wie an jenem sonnigen Dezembermorgen ...

Ich darf jetzt nicht daran denken.

Ich hebe eine Hand, um ihr weiches Ohrläppchen zwischen meinem Daumen und Zeigefinger zu streicheln. Dann senke ich mein Gesicht zu ihrer Wange und murmle: „Willst du bald von hier verschwinden, Liebling?"

Ihr Kopf zuckt zu mir herum, und sie sieht mich mit fast schon panischem Blick an. Ich unterdrücke den Drang zu lächeln.

Liebling.

Mein alter Kosename für sie. So habe ich sie immer genannt, wenn ich sie im Schlafzimmer verehrt habe. Wenn ich tief in ihrer Wärme vergraben war und glaubte, dem Himmel nie näher zu kommen. Ich habe sie Liebling genannt, weil ich es so gemeint habe. Denn sie war für mich das wertvollste, süßeste und liebste Mädchen der Welt, und ich hätte nicht einmal vor Mord zurückgeschreckt, solange ich sie nur behalten könnte. Ich habe sie seit fünfzehn Jahren nicht mehr so genannt.

Man könnte fast denken, ich hätte das geplant.

Ihr Kiefer presst sich zusammen. „Andere Leute beobachten uns", wispert sie. „Was soll das?"

„Niemand beobachtet uns", wispere ich zurück. „Laura schaut auf ihr Handy."

Whitneys Nasenflügel beben, und oh Gott, ich würde nur zu gern ihre kleine Stupsnase küssen. „Weil wir sie in Verlegenheit bringen", erwidert sie mit zusammengebissenen Zähnen.

Ich grinse. Mein Liebling versucht alles, um mir zu widerstehen.

Doch das wird nicht funktionieren.

„Lass uns ein paar Runden Smalltalk hinter uns bringen und dann von hier verschwinden. Die Gastgeber haben Glück, dass wir überhaupt aufgetaucht sind, und ich werde Lily bitten, jemanden zu finden, der für uns bei der Auktion mitbietet."

Whitney starrt mich einen Moment lang an und in ihren Augen schimmert eine Emotion, die ich nicht ganz deuten kann ... Dann verhärtet sich ihr Blick. „Ich werde dich heute Nacht vögeln, und das war's."

Mir klappt die Kinnlade runter. Sie wird mich vögeln? Wer ist diese Frau? Ich glaube nicht, dass ich je gehört habe, wie sie dieses Wort in den Mund genommen hat, selbst während der tausend Male, die ich sie gevögelt habe.

Mein Schwanz wird steif, während sich in meinem Inneren eine eigenartige Kälte ausbreitet. Oh Gott, was ist, wenn sie sich von mir scheiden lässt und da draußen in der Welt zu dieser mutigen Frau wird? Zu einer Frau, die anderen Männern sagt, dass sie sie vögeln wird. Bei dem Gedanken pulsiert Hitze durch meine Adern.

Das wird nicht passieren.

Das werde ich nicht zulassen.

„Betrachte es als einen Abschiedsfick", sagt sie.

Die Kälte in meinem Inneren verwandelt sich zu Eis, und einen Moment lang höre ich auf zu atmen.

Ein Abschiedsfick.

Abschied ist so ein unscheinbares Wort, wenn es in diesem Fall das Ende der Welt für mich bedeuten würde.

Oh Gott, allein die Vorstellung, dass sie jemand anderem gehören könnte ... Dass jemand anderes das Recht haben könnte, sie zu berühren, zu küssen und ...

Nein, verdammt.

Das wird nicht passieren.

Dazu darf es nicht kommen.

Ich beuge mich lächelnd vor und küsse ihre Wange. Meine Lippen wandern weiter zu ihrem Ohr. „Dann muss ich es wohl besonders unvergesslich machen, hm?"

* * *

36

Whitney

Das Gespräch mit den anderen Leuten verblasst zu Gemurmel, als Marks warme Hand meinen Nacken streichelt. Er hat die letzte halbe Stunde nicht aufgehört, mich zu berühren. Ich muss mich gegen seine Wärme wappnen.

Ich blicke auf den weiten Ozean hinaus, und eine leichte Brise kühlt meine heißen Wangen. Gott, ich habe so ein Glück, dass ich hier lebe. Da ich in einer kleinen ländlichen Stadt im kalifornischen Central Valley aufgewachsen bin, erscheint mir Santa Barbara immer noch wie ein Paradies.

Mark und ich sind uns an meinem zwanzigsten Geburtstag in einer Bar begegnet. Ich war kein großartiger Partymensch, aber in unserer örtlichen Kneipe wurde nicht nach dem Ausweis gefragt, und alle meine Freunde wollten, dass ich mal eine wilde Nacht hatte, nachdem ich durch meinen kürzlichen Herzschmerz so lustlos und depressiv geworden war.

Ich war zu unreif, um zu erkennen, dass die Trennung von Jason ein Geschenk des Himmels war. Was wir miteinander hatten, war nur eine kindische Liebe gewesen. Ich habe ihn nie wirklich gekannt. Wie gut kann man jemanden kennen, der noch in seinem Kinderzimmer lebt? Wie intim kann eine Beziehung mit ihm werden, wenn sich seine Mutter immer noch um seine Grundbedürfnisse kümmert und der Großteil unseres Sexlebens in seinem Auto stattgefunden hat? Ich frage mich manchmal, ob er mir insgeheim nur einen Antrag gemacht hat, um ausziehen zu können.

Meine kindischen Erfahrungen mit Jason haben mich in keiner Weise auf Mark vorbereitet.

Mark war über Nacht in der Stadt, nachdem er sich mit einem Kunden getroffen hatte. Ich weiß nicht, wann er mich in der Bar entdeckt hat, aber als er sich mir und meinen Freunden näherte, hat er ebenso entschlossen gewirkt wie in den letzten paar Tagen. Er kaufte mir einen Drink und stellte mir Fragen über mein

Leben, als wären die Antworten unglaublich wertvoll und interessant. Am Ende der Nacht schaffte er es irgendwie, meine verantwortungsvollen Freunde davon zu überzeugen, dass er der Nüchternste von uns war und mich nach Hause fahren sollte.

Am nächsten Tag stand er um Punkt 18:30 Uhr auf meiner Veranda. Er trug ein zugeknöpftes Hemd und eine enge Jeans, während er einen Strauß Gardenien für mich und eine teure Flasche Wein für meine Eltern in den Händen hielt. Die beiden waren von seinem Charme geradezu geblendet, und ich glaube, ich war es in gewisser Weise auch. Sogar während ich mich noch nach jemand anderem sehnte, war ich überwältigt von diesem reichen, gutaussehenden jungen Mann, der mich ansah, als wäre ich der Schlüssel zu seinem Glück.

Ich war ihm praktisch ausgeliefert.

Vier Monate später hatte ich einen riesigen Klunker am Finger und er entführte mich in diese wunderschöne Stadt am Meer.

In einer weiteren warmen Liebkosung streicht Marks Hand an meinem Hals auf und ab, und ich wünsche mir zum zehnten Mal heute Abend, dass ich ihn im Meer ertränken könnte.

Sein Atem kitzelt an meinem Ohr. „Ich bin langsam bereit für diesen Abschiedsfick. Glaubst du, wir haben genug Smalltalk gemacht?"

Hitze schießt mir in den Unterleib, aber ich halte den Blick aufs Wasser gerichtet. „Ja", antworte ich. „Wenn wir länger bleiben, treffen wir bestimmt noch auf eins deiner Mädchen."

Er umfasst meinen Hals, und ich unterdrücke ein Stöhnen.

„Ich vögle keine Frauen in unseren Kreisen. Das würde ich dir nicht antun."

Das Kichern, das mir entweicht, klingt fast schon hysterisch. „Wie aufmerksam von dir."

Er drückt meinen Hals. „Wir verschwinden von hier." Er lächelt verheißungsvoll. „Dann zeige ich dir, wie aufmerksam ich mich um deine Bedürfnisse kümmern kann."

Seine Worte fahren mir direkt zwischen die Beine. Warum

turnt mich seine Wut auf mich derartig an? Wahrscheinlich, weil das das einzige Zeichen für mich ist, dass ich ihm noch etwas bedeute, während alles andere auf das Gegenteil hinweist.

„Okay, lass uns gehen."

Als wir uns bereits durch die Menge in Richtung Ausgang bewegen, taucht plötzlich ein bekanntes Gesicht auf. Stephen. Sein Blick begegnet meinem. Ich weiß nicht, ob es am Champagner liegt, aber ich trete von Mark weg und gehe zügig auf Stephen zu. Er erwidert mein Lächeln.

„Mein heißer Scheidungsanwalt." Mein Magen verkrampft sich angesichts meiner Dreistigkeit. Was ist nur in mich gefahren? Ich muss wirklich zu viel getrunken haben, wenn ich gerade versuche, Mark eifersüchtig zu machen. Dafür braucht es ohnehin nicht viel, und sein aufbrausendes Temperament ist das Risiko nie wert. Er wird mich irgendwie in Verlegenheit bringen.

Stephens Augen weiten sich leicht, bevor er zu seinem Lächeln zurückfindet. „Nun, da Sie meinen Beruf zuerst angesprochen haben, kann ich jetzt auch darüber sprechen. Sonst hätte ich so tun müssen, als hätten wir uns auf einer anderen Cocktailparty kennengelernt."

Ich winke mit einer Hand ab. „Oh, diese Vertraulichkeitssache. Das ist nicht nötig. Mein untreuer Ehemann weiß bereits, dass ich mich von ihm scheiden lasse." Ich schaue ihn fröhlich an. „Was machen Sie hier?"

„Ich suche nach neuen Klienten, offensichtlich." Sein Grinsen wird breiter. „Statistisch gesehen kommt es in unserer Altersgruppe am häufigsten zu Scheidungen."

Ich schnaube belustigt, und Stephens Augen weiten sich. Himmel, bin ich wirklich so betrunken? Ich führe mich auf wie ein zwanzigjähriges Mädchen. „Ich bin nicht annähernd so jung wie Sie", meine ich. „Schmeicheln Sie mir oder haben Sie nicht einmal nachgesehen, wie alt ..."

Stephens Blick wandert an meinen Schultern vorbei, und sein Lächeln verblasst.

Oh-oh.

Mein Bodyguard wirft ihm wahrscheinlich gerade mörderische Blicke zu. Mark hatte so viel mehr Toleranz gegenüber Männern, die mit mir geflirtet haben, als er mich noch für einen Engel gehalten hat. Jetzt nimmt er es wie einen direkten Angriff auf. Als würde ich den Mann direkt vor seinen Augen vögeln, wenn er nicht eingreift.

Wie bei einem einstudierten Tanz legt sich eine große, warme Hand auf meine Taille. „Ich bin Mark", stellt er sich vor und streckt seine andere Hand aus.

Stephens Gesichtsausdruck wird ernst, obwohl etwas Heiteres in seinen Augen aufflackert. Belustigung vielleicht. Wahrscheinlich sieht er so etwas ständig. Schreckliche Ehemänner, die versuchen, ihm gegenüber ihre Dominanz zu beweisen. „Ich bin Stephen", ist alles, was er erwidert.

„Stephen Garcia", knurrt Mark fast schon. „Der Scheidungsanwalt meiner Frau."

Stephens Augen zucken zu mir, und jetzt kann ich seine Belustigung voll und ganz erkennen. Ich schaue kurz zu Mark, und als ich die Steifheit in seiner Haltung registriere, weicht auf einmal alle Hitze aus meinem Körper. Ich habe ihn oft so gesehen, und es bedeutet nichts.

Sicher, es ist schmeichelhaft, ihn so wütend über meine vermeintliche Intimität mit einem anderen Mann zu sehen, aber ich habe es oft genug erlebt, um zu wissen, dass es nirgendwo hinführt. Diese eifersüchtige Hitze wird sich morgen früh in eisige Kälte verwandeln, und ich werde mit der gleichen feindseligen Gleichgültigkeit weiterleben müssen, die mir seit fünfzehn Jahren zuteilwird.

Eine Ehe ohne Wärme und Liebe.

Ich würde lieber nichts haben als das.

„Stephen war sehr hilfreich, was die Kinder und ihr Erbe ..."

„Baby, wir müssen los." Mark lächelt Stephen träge an. „Sie ist süß, wenn sie betrunken ist, aber ein bisschen neben der Spur."

Stephens Augen weiten sich und ich drehe mich mit finsterem Blick zu Mark um. Mir stockt jedoch der Atem, als er mit beiden Händen meine Taille packt und seinen Mund auf meinen presst. Sein Kuss ist überhaupt nicht zärtlich, trotzdem entfacht er lodernde Hitze in meinem Körper. Als er sich wieder von mir löst, ringe ich nach Luft.

„Nun ...", sagt Stephen, offensichtlich weiterhin belustigt.

Ich atme tief ein. „Mark", knurre ich. „Bist du sicher, dass ich hier die Betrunkene bin?"

Seine dunkelgrünen Augen schimmern im Mondlicht. „Ich habe dich nur geneckt, Schatz. Ich mag es, wenn du betrunken bist. Den Umstand kann ich ausnutzen, wenn wir wieder zu Hause sind." Seine Hände an meiner Taille greifen mich fester, bevor er sich Stephen zuwendet. „Es war schön, Sie kennengelernt zu haben."

Stephen schürzt die Lippen. „Gleichfalls."

Während wir davongehen, meine ich zu Mark: „Er hält dich für einen Trottel."

Mark schnaubt abfällig. „Es ist mir egal, was er denkt, solange er weiß, dass er die Finger von dir lassen sollte."

Kapitel Sieben

Mark

Sie greift mit ihren langen, geschmeidigen Armen nach dem Saum ihres Kleides und zieht es langsam an ihrem Körper hoch. Als der schwarze Stoff ihr Gesicht bedeckt, streckt sie ein Bein aus, um das Gleichgewicht zu behalten. Ich kann mir ein Lächeln nicht verkneifen.

Sie ist betrunken.

Gott, wie sehr mir das gefällt. Immer wenn sie so ist, erinnert sie mich an das süße Mädchen, das ich geheiratet habe. Das warmherzig und offen zu mir ist – vielleicht noch etwas schüchtern –, und nicht die Frau mit den leeren Augen und der distanzierten Stimme.

„Lass mich dir helfen, Schatz."

Ich trete nach vorne, um ihr das Kleid über den Kopf zu ziehen, und der Anblick, mit dem ich belohnt werde, lässt mich atemlos zurück. Verdammt, sie ist so schön. So schön, dass es wehtut. Ich wusste, was ich bekommen würde, als ich mich entschlossen habe, sie in mein Leben zu holen.

Eine sowohl innerlich als auch äußerlich wunderschöne Frau, die mir niemals richtig gehören würde.

Wie kann ich ihr die Schuld für das geben, was sie getan hat? Als wir angefangen haben, miteinander auszugehen, hat sie mir gesagt, dass sie immer noch ihren Ex liebt. Sie hat mich auf jedem Schritt des Weges gewarnt.

Es war mir egal.

Damals.

Ich wusste, dass ich sie einfach zu meiner Freundin machen musste. Ich glaubte, danach hätte sie noch genug Zeit, um über ihre Jugendliebe hinwegzukommen und mich lieben zu lernen. Doch damit das passieren konnte, musste ich sie vorher an mich binden.

Ich habe sie wie einen meiner Kunden behandelt. Wie jemanden, den ich erst dazu bringen musste, den Vertrag zu unterzeichnen, bevor ich ihn später richtig von mir überzeugen würde.

Damit habe ich so falsch gelegen.

„Schatz", sagt sie sanft. „Du manipulierst mich."

Ich lächle, während ich mit einer Hand über ihren weichen Rücken gleite, bis ich den Verschluss ihres BHs finde und ihn schnell aufhake. „Funktioniert es?"

Ihr Lächeln gerät ins Wanken und ihre Augen werden groß, während sich ihre Augenbrauen zusammenziehen. Verdammt, sie sieht dem Mädchen, das ich geheiratet habe, so ähnlich. So süß und verletzlich.

„Ein bisschen, und es gefällt mir nicht. Vielleicht sollten wir das nicht tun."

Als sie zur Tür blickt, schlägt mir das Herz bis zum Hals. Ich brauche das hier. Ich kann nicht wie sonst aggressiven Sex mit ihr haben. Heute Abend muss es anders sein.

Ich muss sie umstimmen.

Ich hebe eine Hand und streichle über ihre weiche Wange.

„Es ist nur Sex, Whitney. Du bist betrunken. Mach daraus keine größere Sache, als es ist."

„Bist du ..." Ihr Blick senkt sich zu meiner Hüfte. „Bist du gesund?"

Kälte strömt durch meine Adern. Oh Gott, ich fühle mich wie der letzte Dreck, als ich ihre schüchterne Frage höre. Noch schmerzlicher ist, dass in ihrer Stimme keinerlei Anklage zu hören ist. Sie will sich nur schützen.

Weil sie mir nicht genug vertrauen kann, um davon auszugehen, dass ich auch an ihren Schutz denke.

Meine Kehle schnürt sich zu, und ich nicke schnell. „Ich habe mich einen Tag, nachdem du mir von deinem Scheidungswunsch erzählt hast, testen lassen, und danach war ich mit niemandem mehr zusammen."

Ihr Blick wird leicht misstrauisch. „Weil du vorhattest, mich mit Sex zu manipulieren?"

Ich lächle herzlich. „Wir spielen nur, Schatz. Das ist alles."

Ihr Kopf zuckt zu mir hoch. „Wie in einem ... Rollenspiel?"

Eine düstere Hitze pulsiert durch meine Adern. „Natürlich. Das ist unser letztes Mal, oder?" Nur über meine Leiche. „Lass uns so tun, als wäre es unser erstes Mal."

Ihr Lächeln ist so süß, dass es in meiner Brust kribbelt. „Das gefällt mir. Das wird ein guter Abschluss für uns sein."

Mein Kiefer presst sich unwillkürlich zusammen, aber ich schaffe es durch schiere Willenskraft, weiterzulächeln. „Ich werde alles genau so machen wie damals."

Sie lächelt schüchtern, und ich könnte bei dem Anblick sterben. Sie sieht aus wie bei unserem ersten Mal. Im Claremont-Hotel in San Francisco. Ich bin nach einem Treffen mit einem Kunden in Nebraska nach San Francisco rübergeflogen. Ich hatte eine Grand Suite gebucht und Whitney in einer Limousine hinfahren lassen, weil ich wusste, dass es ein Kleinstadtmädchen wie sie beeindrucken würde. Sie war geblendet von all dem Prunk.

Ich habe sie in dieser ersten Nacht, als ich in sie eindrang, wie eine Jungfrau behandelt, obwohl ich wusste, dass sie das nicht mehr war. Aber ich musste mir das vorstellen.

Ich musste mir vorstellen, dass sie ganz allein mir gehört.

So war es schon immer. Unsere Beziehung war schon immer schmutzig und verkorkst. Kein Wunder, dass ich sie jetzt verliere. Ich hatte nie eine gesunde Perspektive. Meine Gier nach ihr ist zu stark, um nachsichtig zu sein.

Ich packe sie an den Schultern und führe sie zum Bett, wobei mir Erinnerungen an diese protzige Claremont-Suite durch den Kopf schießen.

Verdammt, es wird mich völlig ruinieren, wenn ich sie verliere.

Als ich sie nach unten drücke, wandert mein Blick über ihren straffen Körper. Wahrscheinlich hat sie ihre gute Figur nur bewahrt, um sich an mir zu rächen. Sie weiß, dass mich das verrückt macht.

Warum konnte sie nicht weicher und fülliger werden, wie die meisten Frauen in ihrem Alter? Ich hätte ihren Körper genauso geliebt, wenn nicht sogar noch mehr. Es hätte sich angefühlt, als hätte ich meine Spuren auf ihr hinterlassen, als wäre ihr Körper durch unseren gemeinsamen Nachwuchs weicher geworden und gefüllt mit Glück.

Stattdessen ist sie diese kühle, aber süße Göttin mit dem Körper einer viel jüngeren Frau. Eine künstliche, unzugängliche Frau. Wenn ich nur ihr Herz hätte erobern können.

„Du bist so wunderschön, Whitney", wispere ich, bevor ich ihren Nippel in den Mund nehme.

Sie stöhnt. „Meinst du das wirklich?"

Ich ziehe lächelnd an ihrer weichen Haut. Sie sagt nie so was, außer wenn sie betrunken ist. Sie fischt nie nach Komplimenten oder emotionaler Bestätigung. „Natürlich meine ich das."

Ich lege eine Hand auf ihre Klitoris, und sie wimmert. „Es kommt mir so vor, als würdest du das nur sagen, damit ich mich nicht von dir scheiden lasse."

Grinsend reibe ich sie sanfter, in einer kreisenden Bewegung –

genau so, wie sie es mag. „Ich versuche, dich von der Scheidung abzubringen, aber ich sage auch die Wahrheit."

Sie verzieht das Gesicht, dieser süße Gesichtsausdruck, wenn sie Lust verspürt, aber versucht, dagegen anzukämpfen. „Wie ..." Ihr Becken schiebt sich meinen Fingern entgegen. „Wie kannst du das ernst meinen, wenn du mit all diese anderen Frauen geschlafen hast? Mit so hübschen ... Ah!" Sie wimmert. „Mit so hübschen, jungen Frauen. Du kannst diese Dinge, die du zu mir sagst, nicht ernst meinen."

Meine Kehle schnürt sich zu, und Feuchtigkeit sammelt sich in meinen Augen. Warum habe ich das getan? Warum habe ich mit diesen jungen Frauen geschlafen?

Es bescherte mir ein süßes Vergessen, ja, aber habe ich das wirklich gebraucht?

Nein.

Ich hätte glücklich sein können, selbst mit einem Engel, der mich nicht liebt.

„Liebling, hast du mal in den Spiegel geschaut? Und selbst wenn du aussehen würdest wie eine alte Schachtel, würde ich dich immer noch wollen." Ein Kloß bildet sich in meinem Hals. „Du bist ein Engel."

Ihr Kopf ruckt zu mir herum, und ihre glasigen Augen nehmen einen scharfen, harten Ausdruck an. „Ich bin kein Engel."

Ich seufze. „Doch, das bist du. Du warst ein Engel, selbst als du mich zerstört hast. Deshalb hat es so weh getan. Ich habe dadurch keine Illusion verloren, sondern etwas, das real war."

„Ich war nie ein Engel", meint sie mit verkrampftem Kiefer.

Ich lasse meine Finger schneller kreisen und verschließe ihren Mund mit meinen Lippen.

„Oh Gott", quietscht sie, nachdem ich mich wieder von ihr gelöst habe.

„Und du bist ein Engel", beharre ich. „Die Art, wie du mit unseren Kindern umgehst ... Wie sanft und offen du bist. Wie du dich um sie kümmerst, und auch um mich ... Selbst wenn du mal zickig bist und uns anfährst, verlierst du nie deine Offenheit. Deine Freundlichkeit. Oh Gott, Whitney, du bist alles, was ich immer wollte. Bitte ...“

Ich atme tief und zittrig ein, und sie legt ihre warme Hand-fläche auf meine Wange. „Du wirst mir nie verzeihen. Du sagst das alles nur aus Nostalgie ...“

„Nein.“ Ich greife nach meiner steinharten Erektion und posi-tioniere mich an ihrem Eingang. Mit einem Finger kann ich bereits fühlen, dass sie feucht und bereit für mich ist. Ich versenke mich mit einem harten Stoß in ihr und stöhne laut.

„Oh verdammt, Liebling!“ Ein weiteres Stöhnen kommt mir über die Lippen, das beinahe wie ein Knurren klingt. „Ich werde dich niemals gehen lassen. Das hier gehört mir!“

Sie wackelt mit den Hüften. „Nein, tut es nicht“, wider-spricht sie.

Ich packe sie an der Kehle, und ihre Augen weiten sich. Sie schnappt nach Luft und lächelt dann. „Ich gehöre nicht dir“, wiederholt sie.

Ich drücke fester zu, und sie wimmert.

„Du wirst immer mir gehören.“

„Nein“, keucht sie, während sie ihr Becken gegen meines presst, und die Lust überwältigt mich fast.

„Verflucht, du fühlst dich himmlisch an. So heiß und eng. Kein anderer Mann wird das jemals erleben dürfen, hörst du mich? Kein Mann außer mir.“

Ihre glasigen Augen werden klar. Eine Emotion wallt in ihnen auf. Es sieht aus wie Traurigkeit, aber ich kann jetzt nicht darüber nachdenken. Wenn ich sie behalten will, kann ich nur nach vorne schauen. „Nur ein anderer Mann hat es jemals erlebt. *Ein* anderer Mann außer dir. Warum kannst du es nicht vergessen, wenn du Hunderte hattest ...“

Meine Gedanken driften ab. Wo bin ich gerade? Ich kann nicht zuhören, wie sie von ihm redet. Das ertrage ich nicht. Meine Gedanken wandern automatisch zu ...

Nein.

Ich darf nicht daran denken.

Ich darf mir nicht vorstellen, wie sie unter ihm liegt. Wie sie ihn umklammert, so wie sie mich gerade umklammert. Ich darf nicht an die liebevollen Blicke denken, die sie ihm geschenkt hat und nie für mich übrig hatte.

„Hure." Das Wort verlässt meinen Mund, bevor ich es verhindern kann, und ihre Stimmung schlägt augenblicklich um.

Mist, sie will gerade nicht auf diese Art spielen. Sie will nicht, dass ich meine Wut an ihrem Körper auslasse. Das turnt sie nicht mehr an. Daher auch die Scheidung.

Warum kann ich mich nicht zusammenreißen?

Warum kann ich meiner lieben, treulosen Ehefrau nicht vergeben?

Kapitel Acht

F ünfzehn Jahre zuvor

Whitney

Ich lasse mich auf die Toilette plumpsen und entleere meine Blase zum dritten Mal in den letzten fünfzehn Minuten. Es kommt nicht viel heraus. Nur ein paar kleine Spritzer. Ich muss immer pinkeln, wenn ich sehr nervös bin. Danach gehe ich in die Küche und werfe einen Blick auf die digitale Uhr am Herd. Mark sollte in zehn Minuten zurück sein. Maddy macht gerade ein Nickerchen und die Küche ist sauber.

Mark wollte eine Reinigungskraft einstellen, die einmal die Woche kommt, aber ich habe darauf bestanden, dass ich es selbst tun kann. Ich hätte mich sonst zu nutzlos gefühlt. Das Hausfrauen-Dasein fühlt sich nicht wirklich wie ein Ersatz für meine Karriere an, wenn ich gar keine richtige Arbeit zu erledigen habe.

Die Kinder machen mir keine Arbeit. Cole ist ein unglaublich süßer Junge und will mir immer helfen, den Haushalt zu erledigen, indem er währenddessen seinen Bruder bespaßt. Mason hat eine lebhafte Fantasie und ist die meiste Zeit in seiner eigenen kleinen Welt, und Maddy ist zwar pingelig, aber das verschmusteste Baby auf der Welt.

Mein Leben ist perfekt. Ich habe einen perfekten Ehemann. Die perfekten Kinder. Ein perfektes Zuhause in Form einer Villa. Als Kind hätte ich mir nie ausmalen können, jemals in so einem schönen Haus leben zu dürfen. Ich erinnere mich noch daran, dass mir das dreistöckige Landhaus der Hansens mit dem separaten Poolhaus unglaublich luxuriös vorgekommen war. Begehbare Kleiderschränke, Meerblick von meinem Küchenfenster aus oder Balkon-Whirlpools hätte ich mir nicht einmal in meinen wildesten Fantasien ausgemalt. Meinen wunderbaren Kindern wird es im Leben an nichts fehlen.

Dann ist da mein gutaussehender Ehemann, der mich liebt. Ich weiß, dass er das tut. Vielleicht musste ich erst epischen Mist bauen, um das zu realisieren, aber ich bin mir sicher, dass er mich liebt.

Er findet mich nicht langweilig. Ich habe ihn nicht enttäuscht.

Erst neulich habe ich ihn dabei ertappt, wie er mich liebevoll angelächelt hat, als ich Mason erzählt habe, dass ich mich darauf freuen würde, am Dienstag mit ihm ins San Francisco Exploratorium zu gehen.

Ich freue mich wirklich darauf. Mein hübscher kleiner Junge hat eine Faszination für Wissenschaft, und ich habe viel recherchiert, um den perfekten Tagesausflug für ihn und mich zu finden, während Cole im Camp der kleinen Baseball-Liga ist und Mia, das Kindermädchen, auf Maddy aufpasst. Ich bin eine gute Mutter, auch wenn ich nicht perfekt bin.

Anfangs habe ich mir Sorgen gemacht, dass Mark unzufrieden mit mir sein könnte. Ich bin nicht immer so gut organisiert, wie es meine Mutter früher war, die unsere Schulprojekte in Regalfächern aufbewahrt und regelmäßig Treffen mit unseren Lehrern arrangiert hat. Und manchmal verliere ich auch die Geduld. Aber ich kann seine Liebe für mich und unsere Kinder in seinen Augen erkennen. Wenn ich das sehe, würde ich am liebsten weinen.

Ich verdiene seine Liebe nicht.

Mein Herz schlägt mir bis zum Hals, als ich höre, wie die Haustür aufgeht und danach wieder ins Schloss fällt. Meine Ohren folgen dem Geräusch seiner zügigen Schritte, die ihn durch den Flur in sein Büro und dann wieder hinaus führen.

Bevor ich mich's versehe, ist er da. „Es riecht gut hier drin", meint er und geht zum Spülbecken. Mein Herz zieht sich zusammen. Das könnte das letzte Mal sein, dass ich ihn so etwas sagen höre. Nach dem heutigen Tag wird es ihn nicht mehr interessieren, wie sauber die Küche ist.

Vielleicht wird er nicht einmal mehr nach Hause kommen.

„Ich muss dir etwas sagen", sprudelt es aus mir heraus, und mein Tonfall muss meine Nervosität verraten haben, denn Mark dreht den Wasserhahn zu und wendet sich mir mit gerunzelter Stirn zu.

„Was ist los?"

Ich drehe mich um und beginne, die Post zu sortieren, die ich auf dem Tresen abgelegt hatte. „Ich habe etwas wirklich Schlimmes getan."

Aus dieser Position kann ich sein Gesicht nicht sehen, aber das muss ich auch nicht. Ich weiß, dass er schwach lächelt, und ich würde am liebsten schreien. Wahrscheinlich glaubt er, dass ich vergessen habe, die Abrechnung unserer Kreditkarte von Virgin Atlantic auszugleichen, mit der wir normalerweise nur Flugmeilen sammeln, denn für diese Art von Frau hält er mich. Er kann sich nicht einmal vorstellen, was ich getan habe.

Das leise Geräusch seiner Schritte erklingt hinter mir, kurz bevor ich den warmen Druck seiner Hände auf meinen Schultern spüre. Als er anfängt, mich sanft zu drücken und zu kneten, würde ich mich am liebsten an ihn lehnen. Ich wünschte, es würde sich nicht so gut anfühlen. „Schatz, du sprichst schnell", murmelt er. „Und du bewegst dich schnell."

Er hat es nicht vergessen. Meine Therapeutin hat mir nahegelegt, mit ihm über die körperlichen Anzeichen meiner Panik zu reden, damit er mich vielleicht aus heiklen Emotionslagen rausholen kann, bevor ich in eine Abwärtsspirale gerate.

Wenn das hier doch nur eine gewöhnliche Panikattacke wäre.

Er drückt seine warmen Lippen auf meine Wange. Gott, er hat so weiche, volle Lippen. Ich habe wahrlich einen attraktiven Mann geheiratet.

Warum habe ich das nicht mehr zu schätzen gewusst? Warum habe ich mich nach einem Mann verzehrt, der mich nie wirklich befriedigt hat, als wir zusammen waren? Weil er mich zurückgewiesen hat?

Ich ertrage die Anspannung nicht länger. „Mark, ich hatte eine Affäre."

Seine Hände erstarren. „Wie bitte?" Er glaubt mir noch nicht. Ich kann es in seiner Stimme hören. Er denkt wahrscheinlich, dass ich übertreibe.

„Mit Jason", sage ich, weil ich weiß, dass das all seine Illusionen zerschmettern wird.

Und ich habe recht. Er nimmt seine Hände von meinen Schultern, als hätte er sich daran die Handflächen verbrannt. „Wie bitte?", wiederholt er noch einmal, und diesmal hat die Frage die Schärfe, die sie beim ersten Mal hätte haben sollen. Seit wir uns kennengelernt haben, ist er eifersüchtig auf Jason.

In den ersten paar Jahren unserer Ehe hat mich Mark immer wieder gefragt, ob ich über Jason hinweg sei, ob ich immer noch an ihn denke und ob ich jemals den Drang verspüre, ihn zu kontaktieren. Es hat mich verblüfft, dass ein Mann wie Mark so viel Bestätigung braucht. Die meisten Leute halten mich für den Glückspilz, weil ich jemanden wie Mark abbekommen konnte, nicht umgekehrt. Aber andererseits hat Mark mich bereits in einer Zeit geliebt, in der mein Herz eingefroren war, und die Person mit weniger Interesse hat immer mehr Macht.

Ich habe diese Macht verloren, bevor ich wirklich wusste, dass ich sie hatte.

Oh Gott, ist das hart. Aber es gibt keinen Weg zurück.

Ich spüre einen stechenden Schmerz in meiner Brust. Heute Morgen habe ich den Nebel durchbrochen, der mich die letzten zwei Monate davon abgehalten hat, mich selbst und mein Verhalten mit klaren Augen zu sehen. Den Nebel, der mich dazu verleitet hat, nichts außer Jason und seine angeblich „unbezwingbare" Liebe für mich zu sehen – was meine Unsicherheiten beschwichtigt hat, für Mark nicht perfekt und glamourös genug zu sein.

Heute Morgen bin ich in Marks Armen aufgewacht und habe mich zum ersten Mal in meinem Leben wirklich zufrieden gefühlt. Meine Gedanken umhüllten mich so beruhigend sanft wie der starke Körper des einzigen Mannes, den ich jemals wirklich geliebt habe.

Des Mannes, von dem ich bis jetzt nicht wusste, dass ich ihn liebe.

Ich drehe ihm weiter den Rücken zu, weil ich noch nicht bereit bin, sein Gesicht zu sehen. „Er hat mich vor ein paar Monaten kontaktiert, mir eine E-Mail geschickt."

„Eine E-Mail", wiederholt Mark mit leiser, angespannter Stimme.

„Er hat nur gefragt, wie es mir geht. Ich glaube wirklich, dass es unschuldig gemeint war, aber ich war emotional so niedergeschlagen. Es war in der schlimmsten Zeit nach der Geburt, und ich glaube, ich war …"

„Natürlich", sagt Mark.

„Ich weiß", erwidere ich kläglich. „Ich weiß, es klingt wie eine Ausrede, aber ich hatte immer noch fünfzehn Kilo Übergewicht und fühlte mich so unattraktiv …"

„Oh, du meinst, als du keinen Sex mit mir haben wolltest, weil du dich unattraktiv gefühlt hast?" Seine Stimme wird lauter, und mein Magen verkrampft sich vor kaltem Grauen. „Ist das die Zeit, von der wir reden? Hast du da angefangen, deinen Ex-Verlobten zu vögeln?"

„Ja", antworte ich, denn mehr kann ich dazu nicht sagen. Vielleicht sollte ich mit den Ausreden aufhören. Vielleicht sollte ich ihm einfach die brutale Wahrheit sagen und seinen Hass akzeptieren. Ich habe ihn verdient.

Ich bin grässlich.

Ich zwinge meinen Körper dazu, sich zu bewegen, und drehe mich um. Der Ausdruck auf seinem Gesicht jagt mir einen eiskalten Schauer über den Rücken. So hat er mich noch nie angesehen. So weit entfernt hat er sich noch nie angefühlt.

Trotzdem schaue ich nicht weg. Ich verdiene es, Hass in seinen sonst so sanften grünen Augen zu sehen. „Zuerst haben wir nur ein paar E-Mails hin und her geschrieben, dann hat er mich zu einem Drink eingeladen. Du weißt, dass ich in letzter Zeit nicht mehr viel vertrage ..."

„Der Alkohol ist also schuld, huh?" Sein bitteres Lächeln ist beängstigend. „Mit mir springst du nicht so einfach in die Kiste, wenn du betrunken bist. Vielleicht sollte ich mir von Jason ein paar Tipps geben lassen."

Ich blicke einen Moment zu Boden, bevor ich mich zwinge, ihm wieder in die Augen zu sehen. Mit lauterer Stimme erwidere ich: „Nein. Der Alkohol ist keine Ausrede. Ich erzähle dir nur die Fakten. Wir sind in eine Bar gegangen und es war das erste Mal seit meiner Schwangerschaft, dass ich mich sexy gefühlt habe. Anfangs haben wir nur Neuigkeiten ausgetauscht, aber nach ein paar Drinks fing er an, mir zu erzählen, wie sehr er es bereut, unsere Verlobung aufgelöst zu haben ..."

Mark gibt ein Grunzen von sich, aber als er nichts weiter dazu sagt, gebe ich mir einen Ruck, weiterzusprechen. „Das wollte ich schon immer hören, und ehe ich mich's versah, fuhr ich mit ihm zu seinem Hotel ..."

„Warum war er in Santa Barbara?", unterbricht Mark mich.

Ich zögere kurz, bevor ich erwidere: „Zuerst dachte ich wegen einer geschäftlichen Reise, aber jetzt glaube ich, dass er vielleicht ..."

„Natürlich hat er das." Mark macht mehrere Schritte in meine Richtung, sein Gesichtsausdruck wird mit jedem Schritt finsterer. Er bleibt wenige Zentimeter von mir entfernt stehen und sieht mir ins Gesicht. „Was hast du mit ihm gemacht, als ihr im Hotel angekommen seid?"

Seine Stimme ist leise, fast ein Flüstern, aber sie macht mir Angst. So habe ich ihn noch nie gesehen. Ich weiß, dass er mir nie etwas antun würde, aber seine mühsam zurückgehaltene Aggression ist fast schon greifbar. Er sieht aus, als wollte er mich erwürgen.

Ich mache mir nicht die Mühe, nachzufragen, was er damit meint, weil ich es bereits weiß. Er will Einzelheiten. „Mark, wir waren verlobt ..."

„Ja", flüstert er. „Also hat es nicht lange gedauert, bis ihr dort weitergemacht habt, wo ihr aufgehört habt, oder?"

Ich will wegsehen, aber er greift nach meinem Kinn und zieht es zurück. Seine Berührung ist sanft, was die ganze Sache nur noch verstörender macht. „Nein, nein." Seine Stimme ist trügerisch ruhig. „Sieh mich an, während du es mir erzählst. Was war das Erste, das ihr getan habt?"

Ich schlucke. „Wir haben uns geküsst."

„Und dann?" Seine warme Hand wandert an meinem Kiefer entlang, um meinen Hals herum. Er streichelt meinen Nacken. Seine Berührung schickt ein Kribbeln meine Wirbelsäule hinunter.

„Danach hatten wir so ziemlich ... Wir hatten eigentlich nur Sex ..."

„Kein Vorspiel? Keinen Blowjob?"

Seine sanfte Stimme und seine funkelnden Augen hypnotisieren mich beinahe. „Nicht ... Also ... nicht bis zum Ende."

„Ah." Sein warmer Atem streicht über mein Gesicht. „Dann nur ein kleiner Blowjob zum Warmwerden? Ich kann mir nicht vorstellen, dass du ihn oral rangelassen hast?" Er zieht die Augenbrauen hoch.

„Nein. Nach dem Dammschnitt bin ich noch zu befangen für so was ..."

Er nickt einmal. „Gut, gut. Es würde mich etwas nerven, wenn das auch gelogen war."

„Nichts davon war gelogen. Ich bin wirklich befangen ..."

„Natürlich bist du das." Seine Stimme ist jetzt viel leiser. Ein Wispern. „Hast du dich nackt von ihm vögeln lassen?"

Selbst in meiner Benommenheit formt sich bei der Art, wie er „vögeln" sagt, ein Eisklumpen in meinem Magen.

„Nein ... Ich ..." Ich schlucke. „Ich habe ein Kleid getragen."

Bei dem Klang seines leisen, tiefen Glucksens bekomme ich eine Gänsehaut. „Ich wette, das hat ihm gefallen. Hat er dich zum Höhepunkt gebracht?"

„Ich habe mich selbst zum Höhepunkt gebracht."

„Hmm", sagt er nur, und erneut streicht sein Atem über mein Gesicht. Eine Mischung aus Kaffee und Minze. Ich habe diesen Kaffee für ihn gekocht, vor nur ein paar Stunden. Nach dem ersten Schluck hat er mich angelächelt und gemeint: „Schön stark." Da hat er mich so anders angesehen als jetzt. So zärtlich. Wird er mich jemals wieder so ansehen?

Aus meiner Benommenheit gerissen, ziehe ich mich von ihm zurück. „Mark, ich glaube nicht, dass es gesund ist, über all das zu reden."

„Gesund?" Er lacht, ein tiefes Grollen in seiner Brust. „Ich glaube, der Zug ist abgefahren, als du deinen Ex-Verlobten gevögelt hast. Vor Monaten hast du gemeint, ja? Wie oft wart ihr seitdem in der Kiste?"

Ich schüttle den Kopf. „Es war wirklich eher eine emotionale Beziehung als alles andere ..."

Er hebt eine Hand. „Wie oft?"

Ich schlucke. „Wahrscheinlich fünf oder sechs Mal. Ich weiß nicht, wie es dazu gekommen ist. Es war, als wäre ich benommen, als würde ich nicht einmal daran denken, was ich tue. Rückblickend komme ich mir vor wie ein Monster ..."

„Nein, danke. Ich will nichts davon hören." Seine Lippen

streifen meine Wange und seine Stimme wird irgendwie weicher. „Ich will wissen, wann es passiert ist. Was hast du mir erzählt, das du tun würdest?"

Mein Magen verkrampft sich, und ich atme tief durch.

„Mädelsabend." Das ist das einzige Wort, das ich herausbekomme, und es lässt mich würgen. Ich bin abscheulich. Erbärmlich.

Mark gluckst erneut. „Also wusste Lisa davon?"

Ich schließe die Augen. „Du kannst ihr keinen Vorwurf machen. Das ist meine Schuld ..."

„Oh ja." Seine Worte sind atemlos und unbeständig. Da wir so nah beieinander stehen, kann ich sehen, wie schnell sich seine Brust hebt und senkt. Wie seine Nasenlöcher beben. Die starre Haltung seines Kiefers. Er hebt eine Hand zu meinem Kinn, packt es fest. „Die Schuld liegt ganz allein bei dir." Er schüttelt leicht den Kopf. „Ich kann nicht glauben, dass ich mich zum Teil mitverantwortlich für deine Depression gefühlt habe, als hätte ich dir nicht häufig genug gesagt, dass ich dich liebe oder dass ich dich schön finde, trotz deiner zusätzlichen Kilos."

Ich schließe gepeinigt die Augen. Meine Wochenbettdepression ist eine armselige Ausrede. Ich wusste es besser. Ich habe mir eingeredet, benommen zu sein, weil ich nicht darüber nachdenken wollte.

„Ich kann nicht glauben, dass du wirklich so jemand bist. Ich dachte, ich hätte einen Engel geheiratet. Dan hat mich einmal gefragt, ob du wirklich so lieb bist, wie du nach außen hin wirkst, und ich habe zu ihm gemeint, dass du abgesehen von deiner redseligen Art, wenn du betrunken bist, einem Engel auf Erden so nahe kommst, wie es einem Menschen nur möglich sein kann." Sein Daumen reibt über meine Wange, aber die Bewegung ist zu grob für eine normale Liebkosung. Wird er jetzt ausflippen?

„Ich habe diese Geschichte immer gehasst. Es zeigt, dass du mich nicht wirklich kennst, und das hat mir Angst gemacht. Ich dachte, ich könnte deinen Erwartungen nie gerecht werden."

Er scheint mich nicht zu hören – oder mich zu sehen –, auch wenn seine Augen mich anstarren.

„Ich kann nicht glauben, dass du so etwas tun würdest", wispert er. „Ich kann nicht glauben, dass ich eine Hure geheiratet habe."

Ich zucke zusammen, aber er bemerkt es nicht. Sein Blick huscht über mein Gesicht, hin und her, als würde er mich gerade zum ersten Mal sehen. Schließlich bleibt er bei meinen Augen hängen. „Liebst du ihn immer noch?"

Ich öffne den Mund, aber er unterbricht mich. „Nein, sag nichts. Ich kann für nichts garantieren, wenn du Ja sagen solltest." Dabei drückt er mein Kinn so fest, dass ich schmerzhaft das Gesicht verziehe.

„Komm nicht in meine Nähe, hörst du? Komm mir nicht zu nah, bis ich etwas anderes sage. Mindestens fünf Meter Abstand. Hast du verstanden?"

Ich schlucke und nicke leicht.

Er lacht leise, und es ist ein atemloses, beängstigendes Geräusch. „Ich verstehe, warum Männer ihre Frauen wegen so was umbringen. Das tue ich wirklich."

„Mark ..."

Ich schnappe nach Luft, als er mit seiner anderen Hand meine Hüfte packt und mich zu sich zerrt. Die Hand an meinem Kiefer wandert zu meinem Hals. Er senkt den Kopf und lässt seinen Mund über mein Gesicht gleiten. Er küsst mich nicht, aber ich kann die Wärme seiner Lippen spüren.

„Ich glaube nicht, dass ich jemals jemanden so sehr gehasst habe wie dich gerade."

Als er meinen Hals drückt, weiten sich meine Augen. „Mark", keuche ich, und das scheint den Bann zu brechen. Er schiebt mich von sich weg und fährt sich mit den Händen durchs Haar.

Ich starre ihn an, während er keuchend dasteht. Als er schließlich den Kopf hebt und mich ansieht, sehe ich Entschlossenheit in seinen Augen. „Ich werde ein paar Tage in einem Hotel übernachten."

Mein Herz sinkt mir in die Hose, und ich kann nur nicken. Das ist der Anfang vom Ende. Oh Gott, mir wird schlecht. Ich nehme einen tiefen, zittrigen Atemzug, um die Übelkeit zu verdrängen.

„Wenn ich zurückkomme", fährt er fort, „will ich, dass du dich von mir fernhältst, außer du oder die Kinder steht in Flammen. Hast du verstanden?"

Ich nicke erneut.

Er nickt ebenfalls. Er sieht aus, als würde er sich zum Gehen wenden, zögert dann aber. „Und ich will Jasons Handynummer."

Ich starre ihn mit großen Augen an. „Mark ..."

Er hebt eine Hand. „Du musst dir keine Sorgen um ihn machen. Ich hasse ihn nicht annähernd so sehr, wie ich dich hasse. Aber er wird sich noch wundern, wenn er glaubt, dass er einfach so meine Frau vögeln und ungeschoren davonkommen kann."

Mir behagt es nicht, wie er mich „seine Frau" nennt. So eine besitzergreifende Formulierung. Und doch so unpersönlich, dass es jede beliebige Frau sein könnte. Nur nicht die Frau, die er liebt.

Er muss spüren, dass ich zögerlich werde, denn er macht einen Schritt nach vorne. „Ich werde so oder so an die Nummer rankommen, aber wenn du sie mir nicht verrätst, rufe ich noch heute einen Scheidungsanwalt an."

Als sich meine Lippen teilen, lächelt er. Ein hässliches Verziehen seiner Lippen, bei dem sich mir der Magen umdreht. Er genießt meine Qual. Er verachtet mich wirklich.

„Von jetzt an wirst du nach meinen Regeln spielen." Er geht vorwärts, bis er über mir aufragt. „Und wenn du das nicht tun solltest, werde ich dich ruinieren. Verstehst du mich? Ich habe kein Mitleid mit dir. Unsere Kinder haben eine Großmutter, die gerne die Mutterrolle für die drei übernehmen würde. Ich muss ihrer Hure von einer Mutter nicht vergeben. Ich werde sie dir wegnehmen. Du weißt nicht, wie viel Macht Geld hat, Schatz. Du weißt nicht, was man damit alles erreichen kann. Ich werde mir den besten Anwalt der Welt besorgen und wenn nötig nicht einmal davor zurückschrecken, deine Depression gegen dich zu verwenden. Den Tag zu erwähnen, als ich von der Arbeit nach Hause kam und du im Bett lagst, während Maddy im Nebenzimmer geweint hat ..."

Ich erzittere am ganzen Körper. Oh Gott, ich kenne diesen Mann nicht. „Bitte sei nicht so grausam. Ich weiß, dass ich ..." Ich schlucke. „Bitte tu das nicht."

Er lacht humorlos. „Du hast keine Ahnung, was grausam ist, Schatz. Du bist heute zu meinem Feind geworden. Du wirst noch Seiten an mir kennenlernen, die du dir nicht einmal in deinen schlimmsten Alpträumen hättest vorstellen können." Er tritt von mir weg und schnappt sich seine Schlüssel vom Tresen. „Ich bin dann mal weg", sagt er leichthin. „Auf zum nächsten Spirituosenladen. Vielleicht auch zu einem anrüchigen Massagesalon." Er verlässt die Küche und läuft ins Foyer. Nachdem er seine Hand auf den Türknauf gelegt hat, dreht er sich zu mir um. „Du gehst nirgendwo hin, während ich weg bin." Jegliche falsche Lockerheit ist aus seiner Stimme verschwunden. „Nicht einmal zum Supermarkt. Du kannst dir was liefern lassen. Ich werde einen Privatdetektiv anheuern, wenn es sein muss."

Ich will etwas sagen, kann aber nur nicken. Mark lächelt träge und zufrieden. „Wenn ich herausfinde, dass du auch nur einen Schritt vor die Haustür gesetzt hast, werde ich sofort Anzeige erstatten." Sein breites Grinsen erreicht nicht seine Augen. „Du gehörst mir. Du bist Mein. Von jetzt an tust du alles, was ich sage. Verstanden?"

Ich wimmere und spüre, wie mein Gesicht sich kläglich zusammenzieht, aber Marks Miene bleibt unberührt.

„Verstanden?", wiederholt er.

Oh Gott, ich kann nicht atmen. Es kümmert ihn nicht, dass ich weine. Noch heute Morgen hätte er mich sorgenvoll angesehen und sofort an seine Brust gezogen. Jetzt hat er nur noch einen harten, kalten Blick für mich übrig.

„Whitney", sagt er, und ich zucke leicht zusammen. Verspätet realisiere ich, dass er auf eine Antwort wartet.

„Ich verstehe."

„Gut, Schatz." In seinen Augen flackert irgendeine Emotion auf. Mir ist zu übel, um sie zu deuten. „Gut", wiederholt er leise.

Kurz darauf öffnet er die Tür und verschwindet.

Sobald ich höre, wie sein Auto startet, stürze ich ins Badezimmer und erbreche den Inhalt meines leeren Magens.

Kapitel Neun

G egenwart

Mark

„Bin ich eine Hure?", fragt sie mit einem süßen kleinen Lächeln auf dem Gesicht. „Hast du mich vor all diesen Jahren gekauft?"

Hitze strömt durch meine Adern und meine Eingeweide ziehen sich vor unerträglicher Lust zusammen. „Das habe ich. Als ich dich das erste Mal gesehen habe, wusste ich, dass ich dich haben muss. Nur ein Blick auf dein süßes Gesicht, und es war um mich geschehen. Ich hätte dir alles gegeben, um dich zu der Meinen zu machen."

Ihr Kiefer verkrampft sich. Dann schwenkt sie ihre Hüften und rammt ihren Unterleib gegen meinen, was mich vor unsagbarer Lust die Zähne zusammenbeißen lässt. „Wenn ich wirklich *die Deine* wäre, würdest du mich lieben. Aber du hasst mich. Vielleicht will mich ja jemand anderes kaufen, nachdem ..."

Ich packe ihre Kehle. „Niemals", zische ich mit zusammengebissenen Zähnen. „Niemand außer mir wird dich haben."

Etwas flackert in ihrem Blick auf, und irgendwie weiß ich, was
sie als Nächstes sagen wird.

Ich weiß es einfach.

„Mich hatte bereits jemand anderes."

„Niemals wieder", knurre ich. „Er wird dich niemals wieder
berühren. Nur ich ..."

Ich stoße in sie, was ihr ein Wimmern entlockt. Nachdem ich
mich auf den Rücken gedreht habe, packe ich sie an den Hüften,
um sie über mir zu positionieren. Dann ziehe ich sie fest auf mich
runter.

„Hat sein Schwanz sich so gut angefühlt?" Ich hebe mein
Becken an, und sie lässt ihre Hüften kreisen, wimmert erneut.

„Nein ...", haucht sie stöhnend. „Wie gesagt, er hat mich nicht
so angeturnt wie du."

Euphorische Freude sprudelt in mir hoch. Ich weiß, dass sie
nicht lügt, und ich habe das Gefühl, zu fliegen. Ich mag vielleicht
nicht ihre Liebe haben, aber ihr Körper hat immer mir gehört.

„Ganz genau. Deine Muschi gehört mir. Niemand kann dich
so zum Höhepunkt bringen wie ich."

„Ja!", kreischt sie. Mein Liebling ist kurz davor zu kommen.
Sie findet ihren eigenen Rhythmus, reitet mich, während ihre
honigbraunen Augen ganz glasig werden. Ich packe sie an der
Taille und zerre sie hoch, runter von mir.

„Nein, nein, nein. Bitte!", jammert sie, und es klingt wie ein
Schluchzen.

Ich lache düster. „Ich lasse unartige Mädchen nicht kommen.
Und du warst unartig, Whitney."

„Mark", schluchzt sie. „Ich war so kurz davor."

Sie senkt eine Hand zu ihrer Klitoris, aber ich fange sie ab.
„Nein."

Sie schmollt, und in mir zieht es sich genüsslich zusammen.
Gott, diese Frau ist unglaublich. Wer würde das sonst für mich
tun? Wer würde sich sonst fünfzehn Jahre lang von mir für einen

Fehltritt bestrafen lassen und noch körperlich so auf mich reagieren?

Wer außer sie würde sich dafür bestrafen lassen, mich nicht zu lieben?

„Es ist okay, Schatz. Daddy liebt es, dich kommen zu lassen, aber du wirst durch meinen Schwanz kommen. Weil ich das so will. Verstehst du?"

„Ja", sagt sie mit niedergeschlagener Stimme.

Ich lächle. „Gut, beug dich übers Bett und spreiz deine Pobacken für mich."

Sie ist so schnell auf den Beinen, dass ich lachen muss. Ihre Eifrigkeit ist so süß. Ich springe aus dem Bett und trete hinter sie, nehme mir einen Moment Zeit, um den schönen Anblick zu genießen.

Verdammt, ich liebe es, sie so vor mir zu haben. Über das Bett gebeugt, mit ihrem hübschen rosafarbenen, feucht schimmernden Fleisch, das sie mir bettelnd darbietet.

Das gehört mir.

Sie gehört mir.

Ich greife nach ihren Hüften und dringe mit einem Stoß in sie ein. Der Druck in meinen Eingeweiden entlädt sich in einer feurigen Explosion und ich stöhne auf. Mit zusammengebissenen Zähnen kämpfe ich gegen die Woge der Lust an. „Okay, du darfst dich selbst berühren. Ich will dir deinen süßen kleinen Arsch versohlen."

Ich schlage ihr seitlich auf den Hintern und sie schreit auf, verschwendet jedoch keine Zeit und senkt sofort eine Hand zu ihrer Klitoris, um hektisch daran zu reiben.

Bei dem Anblick baut sich wieder Druck in meinem Unterleib auf. Ich ramme mich wieder und wieder in ihre enge Hitze. „Du fühlst dich so gut an, meine kleine Hure."

„Oh!", wimmert sie.

Ich knirsche mit den Zähnen, während ich sie mit schnellen, ruckartigen Stößen vögle. Mein feuchter Schwanz macht schmatzende Geräusche beim Rein- und Rausgleiten. „Komm für mich, meine Hübsche."

Ihre Finger an ihrem kleinen Nervenbündel bewegen sich schneller. „Mark!", schreit sie meinen Namen heraus.

„Verflucht, ja! Du bist so eng. Ich werde meine ganze Ladung in dir verschießen!"

Ekstase bricht über mich herein und ich brülle meinen Höhepunkt heraus, während ich mich wieder und wieder in ihr versenke. Oh Gott, es fühlt sich himmlisch an.

Sie ist himmlisch.

* * *

Whitney

Er gleitet grunzend aus mir heraus, und jetzt, wo die heiße Leidenschaft vorbei ist, formt sich ein Eisklumpen in meinem Herzen.

Das ist immer der schlimmste Teil.

Im Bett ist er Feuer und Flamme für mich, doch danach kehrt er wieder zu seiner kalten Gleichgültigkeit zurück.

Ein lautes Klatschen hallt durchs Zimmer, kurz bevor sich eine prickelnde Hitze auf meinem Hintern ausbreitet, die ich aber nur wie aus der Ferne wahrnehme. „Okay, meine kleine Hure", sagt er und seine rauen Finger gleiten zwischen meine Beine. „Warum hüpfen wir nicht zusammen unter die Dusche? Mein Sperma tropft an deinen Oberschenkeln runter. Gott, das gefällt mir." Er lacht, und es läuft mir eiskalt den Rücken runter. Hat er mich jemals richtig geliebt? Oder ging es ihm immer nur um das hier? Dominanz.

Mich zu besitzen.

Er tätschelt mir noch einmal den Hintern, bevor er sich umdreht und weggeht.

„Nein."

Seine Schritte verstummen, und ich höre, wie er sich umdreht. „Das wird dein hübsches Höschen ruinieren."

„Mark, ich werde nie wieder mit dir duschen. Es ist vorbei."

Ohne seinen Gesichtsausdruck zu sehen, spüre ich die Wut, die sich in ihm zusammenbraut. Ich kann sie fast wie Rauchschwaden in der Luft zwischen uns sehen.

„Whitney ...", sagt er mit leiser Stimme.

„Keine Diskussion. Es ist vorbei."

Er atmet tief und zitternd ein. „Wir gehen wieder zur Eheberatung. Du kannst mich für all die Jahre beschimpfen, in denen ich dich gedemütigt habe."

Gedemütigt. Ich könnte über seine Wortwahl fast lachen. Was für ein dummer Mann. Er glaubt, er hätte meinen Stolz verletzt, nicht mein Herz.

„Nein."

„Whitney", sagt er mit zusammengebissenen Zähnen. „Ich lasse dir keine Wahl."

„Ich lasse dir keine Wahl."

Seine Schritte kommen auf mich zugepoltert, und er packt mich an den Armen, wirbelt mich zu sich herum, damit ich ihn ansehe. „Du gehörst zu mir. Ich werde dich nicht gehen lassen. Ich werde diese Scheidung für dich zur reinsten Hölle machen."

Ich starre finster zu ihm hoch. „Es kann nicht schlimmer werden als die letzten fünfzehn Jahre."

Eine Ader pocht an seinem Kiefer, und seine Finger graben sich in meine Arme. „Meine Affären haben dich einen Dreck interessiert. Du hast mich nie geliebt." Sein Mund schließt sich, und er atmet zitternd durch die Nase ein.

Ich lächle ihn freudlos an. „Ich habe dich im Trader Joe's gesehen."

Seine Stirn legt sich in Falten. Er hat keine Ahnung, wovon ich rede.

„Vor zwei Wochen."

Seine Augen werden groß, bevor er sich von mir abwendet.

Jetzt versteht er es.

„Du hast vorne in der Schlange gestanden, als ich mich hinten angestellt habe. Du hast deine Trainingsklamotten getragen und sie ein gelbes Sommerkleid."

Er schließt die Augen.

„Sie sah so jung und hübsch aus, und ihr habt so unbeschwert miteinander gewirkt. Sie hat dir den Rücken gerieben, während du deine PIN am Kartenlesegerät eingetippt hast ..."

„Ich ..." Er nimmt einen zittrigen Atemzug. „Ich kannte sie kaum. Wir hatten nur einmal Sex. Früher an diesem Tag. Sie war sehr anhänglich. Ich wollte sie nicht einmal bei mir haben. Sie sollte dir leidtun."

Ich lache leise. „Wahrscheinlich hätte sie mir leidgetan, wenn es mir in dem Moment nicht das Herz gebrochen hätte."

Er verzieht gequält das Gesicht.

Meine Zähne beginnen zu klappern. Die Kälte, die mich an diesem Tag überkommen hat, ist nie ganz verschwunden, auch wenn sie nicht immer so intensiv ist wie jetzt. „Du hast meine Mandelmilch gekauft."

Sein Kiefer zittert, und er schließt wieder die Augen.

„Ich hatte dir eine halbe Stunde vorher geschrieben. Und du hattest gemeint, du wärst dir nicht sicher, ob du es vor Ladenschluss schaffen würdest, weil du von Camarillo aus heimfahren würdest."

Er grunzt. „Was macht das für einen Unterschied? Ich habe eine andere Frau gevögelt. Wen kümmert da eine kleine Notlüge?"

„Mich. Es hat mir das Herz gebrochen." Warme Tropfen rinnen über meine Wangen, und ich merke, dass ich weine. „Das ist die Art von Mann, zu der du geworden bist. Ein Lügner. Ein Ehebrecher. Jemand, der seiner Frau ohne zu überlegen das Herz bricht."

Seine Augen fliegen auf und blicken mir ins Gesicht. „Das ist nicht wahr." Seine brüchige Stimme ist kaum mehr als ein Flüstern. „Ich denke an nichts anderes als dein Herz. Seit dreiundzwanzig Jahren habe ich an nichts anderes gedacht. Ich habe es begehrt. Und als mir klar wurde, dass ich es niemals haben würde, hat sich meine Wut darauf gerichtet. Ich habe mir gewünscht, es brechen zu können, aber ich wusste, dass ich nicht die Macht dazu hatte."

„Wie dumm du bist."

Er zuckt zurück, als hätte ich ihn geschlagen. Wahrscheinlich hat ihn in seinem ganzen Leben kaum jemand „dumm" genannt.

„Seit dreiundzwanzig Jahren hat dir mein Herz gehört, wofür ich schwer gebüßt habe. Ich musste deins verlieren, um zu erkennen, dass von meinem nichts mehr übrig ist. Du hast es mir Stück für Stück entrissen. Bis alles fort war."

Seine wilden Augen huschen über mein Gesicht. Er sieht mich an, als hätte er mich nie zuvor gesehen.

„Ich lasse mich von dir scheiden", sage ich. „Du kannst mich nicht umstimmen. Keine Eheberatung. Es ist vorbei."

Er verzieht kläglich das Gesicht, auf eine ganz seltsame Art …

Was passiert hier?

Er verbirgt sein Gesicht in den Händen. Er weint mit so tiefer, leiser Stimme, dass ich es fast nicht höre, aber das Zucken seiner Schultern ist unverkennbar. Er schluchzt wieder und wieder. Ich kann ihn nur ungläubig anstarren.

„Oh Gott, Whitney, nein."

Er klingt fast wie ein kleiner Junge.

„Tu das nicht. Ich flehe dich an." Seine Worte kommen gebrochen und stotternd über seine Lippen. „Nein, nein, nein. Du kannst nicht … Ich werde nicht …"

Ein Schauer läuft mir über den Rücken. Ich trete von ihm weg, aber er scheint es nicht zu bemerken.

„Ich werde sterben", würgt er hervor.

Ich gehe leise aus dem Zimmer. Mein Gott, ich habe ihn nur einmal zuvor weinen sehen, und es war nicht so. Ich ertrage das nicht. Es klingt zu schrecklich.

* * *

Mark

Ich liebe ihr Strickzimmer. Es hat eine sanfte Atmosphäre, ist warm und ordentlich, genau wie sie. Ich komme gerne hierher, wenn sie schläft, so wie sie es jetzt gerade tut. Das ist meine Art, sie zu verehren, ohne dass sie es weiß.

Ich greife nach der Kerze, die auf dem Couchtisch steht, und hebe sie an meine Nase. Der Duft von Zitrusfrüchten und Blumen durchströmt meine Sinne und bringt meinen Puls zum Rasen.

Oh Gott. Oh Gott, ich werde ihren Duft verlieren. Er wird mit ihr verschwinden.

Nicht mehr da sein.

Oh Gott.

Ich stolpere aus dem Zimmer. Ich brauche Luft. Oh Gott, ich brauche Luft.

Meine Brust ist so zugeschnürt, ich kann nicht mehr atmen.

Die Tür zur Veranda ist einige Meter entfernt. Ich werde es nicht schaffen. Es ist zu weit.

Mit aller Kraft schleudere ich die Kerze gegen das Wohnzimmerfenster. Das Glas klingt wie ein Feuerwerkskörper, als es zerbricht und Scherben in alle Richtungen fliegen. Die kalte Meeresluft strömt herein und ich sauge sie gierig ein.

Ich kann immer noch nicht atmen.

Das ist nicht das Ende. Das werde ich nicht als Ende akzeptieren.

Ich brauche sie.

Nachwort

Anmerkung der Autorin

Vielen Dank, dass du die Geschichte von Mark und Whitney gelesen hast! Ich bin eine neue Indie-Autorin, und Rezensionen sind wirklich eine große Hilfe, um mehr gesehen zu werden. Wenn dir *Faithless* gefallen hat, würde ich mich sehr darüber freuen, wenn du auf Goodreads oder deiner Lieblingsplattform für Bücher kurz deine Gedanken teilen würdest.

Wenn du mehr von mir lesen willst, kannst du auf skylermason.com gehen und dich für meinen monatlichen Newsletter anmelden. Dadurch bekommst du exklusive Bonus-Inhalte zu meinen Charakteren wie auch Informationen zu und Auszüge von zukünftigen Büchern.

Tritt meiner Facebook-Lesergruppe bei:
Mason's Minxes

Und folge mir hier auf meinen sozialen Medien:
instagram.com/authorskymason
facebook.com/authorskymason
twitter.com/authorskymason

Bücher von Skyler Mason

Werke von Skyler Mason

Das Duett der Untreue:

Faithless

Forgiveness

Die *Purity*-Serie:

Purity

Shame

Lust

Die *Toxic Love*-Serie:

Wild and Bright (auf Deutsch erhältlich)

Revenge Cake

Milton Keynes UK
Ingram Content Group UK Ltd.
UKHW040644041023
429927UK00004B/239